中公文庫

道誉なり (上)

新装版

北方謙三

中央公論新社

目次

道誉なり　上

第一章　激流

1

陣幕の外で、酔った声があがった。

兵たちに、それほどの酒は与えていない。それでも、戦陣である。わずかな酒でも、気持が昂《たか》ぶるようだ。陣幕を幾重にも張りめぐらし、旗で飾りたてた本陣だった。

道誉《どうよ》は、ひとりで床几《しょうぎ》に腰を降ろしていた。酒はない。兵糧さえ口にしていなかった。

柏原《かしわばら》城の一里ほど西に、本陣は置いていた。柏原城が、詰《つめ》の城となる。城に一千、本陣に二千と兵力を分けた。城の一千は眠ることさえせず、常に敵に備えている。一日ずつ、本陣の兵と交替させるのだ。

「蜂助《はちすけ》です」

声がかかった時は、蜂助はすでに道誉の前で片膝をついていた。陣幕の動きに、道誉は気づかなかった。

「五辻宮《いつつじのみや》は、興奮しておられます。集まっている野伏《のぶせ》りはおよそ四千。血に飢えております。落武者なれば、誰彼の区別なく打ちかかろうという構えで。姫橋《ひめはし》殿でも、押さえきれますまい」

姫橋には、仕事があった。それだけうまくやってくれればいい。

六波羅《ろくはら》は壊滅したといっても、鎌倉はまだある。幕府軍に正面切って挑む時機にはまだ早いかもしれない、と道誉は思っていた。この地に陣を張っていれば、どういう理由をつけることもできる。

「殿軍《でんぐん》の本家が、追いつくことはあるまいな」

「もう、京へ返しているころです。そのまま降参ということになりましょう」

南北の六波羅探題《たんだい》は、京を捨てていた。時益《ときます》は逃亡の途中で射殺され、いまは仲時《なかとき》が一族郎党数百と近江《おうみ》に逃げこんでいた。面倒なのは、持明院《じみょういん》統の天子、上皇を連れていることである。大覚寺《だいかくじ》統の後醍醐《ごだいご》帝は、伯耆船上山《ほうきせんじょうせん》にあった。

時代の動きが、速かった。拠って立つ場所は、いまのところどこにもない。六波羅が陥ちたと言っても、金剛山《こんごうさん》を囲んでいる数万の幕軍はまだいた。

佐々木《ささき》道誉がここにいる。いまはそれを両軍に知らしめておけばいい。六波羅の一行は、姫橋に止めさせることにした。北近江に根を張る悪党の首領のひとりである。道誉の領地を荒らしはしない。時には、保護を与えてもいるからだ。

同じように保護を与えてきた人間として、五辻宮がいた。領内の伊吹山《いぶきやま》に隠棲したのを咎《とが》めずにいたのだ。天子の血に連らなる宮だというが、はっきりはわからない。その宮を、姫橋に担がせた。殿軍の佐々木時信《ときのぶ》の軍勢が追いつけば別だが、仲時の一行だけでは、番場《ばんば》峠を越えるのは無理だろう。

「姫橋のそばに付いていろ。本家が京へ返したのなら、もうよい」

仲時の一行も果てたと、佐々木時信に思いこませるために、蜂助はきのうから動いていた。あっさり京へ返したので、蜂助には集まっている野伏りの動向を見てくる余裕も出たのだろう。

蜂助が消えると、道誉はまたひとりになった。

足利高氏《あしかがたかうじ》は、二股をかけていた。少なくとも、近江を通った時はそうだった。周囲の者にも、本心は見せていなかった。二股をかけていれば、見せたくても見せられはしなかっただろう。どう転んでもいいように、周到に手を打っている気配はあった。

足利高氏が肚《はら》を決めたのは、同行の名越高家《なごえたかいえ》が、播磨《はりま》の赤松《あかまつ》勢に討たれた時だろう。

なかなかの果断だ、と道誉は思った。いままでも、些細なところでそういうものを見せたことはある。しかし、優柔不断な印象が強かった。どんな方法でも、北条高時《ほうじょうたかとき》におもねるということはせず、しかしそれなりに気を遣《つか》ったりもしていた。名門の惣領とはこんなものか、とよく思ったものだ。

道誉は、近江を本拠とする佐々木一門の、庶流にすぎなかった。ただ、本家の力が絶対ではない。幕府に従ってはいるものの、最後の帰趨はそれぞれの家が決める。

再び蜂助が現われたのは、夕刻だった。

「ことごとく、果てたか」

「隠岐《おき》様も、御一緒でございました」

隠岐の守護、佐々木清高《きよたか》も一門だった。後醍醐帝の隠岐脱出を許し、責任を痛感していた気配はある。それが、最後まで六波羅探題の配下に留まらせたに違いなかった。

「姫橋殿は、仕事を終えられました」

「わかった。太平寺へお連れするように伝えよ」

「殿は？」

「できるかぎり早く、わしも行く」

一礼し、蜂助が消えた。

北の探題北条仲時を、道誉はあまり嫌いではなかった。人の使い方も公平を欠かず、北条一門の中では、得宗《とくそう》の高時などと較べるとずっとましだと思っていた。最期も、自ら自害することによって、従う者たちを助けようとしたのだという。五辻宮が、仲時ひとりの自害では気が済まなかったらしい。さらに追い立て、一族郎党のすべてを自害させたのだという。降参さえ認めないほど、公家の武士に対する憎悪は強かったということか。

「誰かある」

呼ぶと、吉田《よしだ》厳覚《げんかく》が陣幕に入ってきた。

「わしは太平寺へ行く」

「では？」

道誉は軽く頷いた。光厳帝《こうごん》ほか後伏見《ごふしみ》、花園《はなぞの》の両院も、姫橋が太平寺に入れた。神器もそこなのである。

「京から落ちてくる者だけではない。金剛山の囲みに加わっていた兵も、国へ帰ろうとするだろう。ここに、しっかりと陣を張っているのだ。大人しく通る者はそれでいい。狼藉《ろうぜき》を働く者は斬れ」

「五辻宮は、どうされるでしょうか？」

「京へ行くだろう」

「殿のお供は、どれほど?」

「百」

「二百をお連れください。そのまま京に行かれることになるかもしれません」

「わかった」

京極《きょうごく》の館には、下働きの者しかいない。自分が京に入れば、足利高氏はすぐに仕事を命じてくるだろう、と道誉は思った。

太平寺まで、馬を飛ばした。領内である。ほとんどの小径《こみち》も、知っている。ただ、近江より鎌倉一帯の方が詳しかった。生まれたのは鎌倉で、そしてそこで育った。

太平寺は、百名ほどの姫橋の手下が護っていた。姫橋が道誉の馬の轡《くつわ》を取った。五辻宮は本堂の縁に腰を降ろし、持明院統の天子や二人の院は境内に座らされ、見張りの兵が五人立っていた。思い思いの武器に、具足もまともにつけていない姫橋の手下と較べ、道誉の供の兵は具足まですべて揃っていて、いかにも精強に見える。境内を、戦陣の空気が覆うのがわかった。しかし兵の強さは、身なりではない。それもわかっていた。

「道誉殿か。北条の者どもを皆殺しにしてやったぞ」

五辻宮が、大声で言った。道誉のふりまく武士の気配に、押されまいとしていることが見ていてよくわかった。皆殺しという言葉に、公家が武士に抱く憎悪のようなものが、はっきりと感じられた。

「神器は？」

道誉は、小声で姫橋に訊いた。

「本堂にあります」

「よし、おまえはもういい」

「京へ行かれるのですか。俺も供に加えてください」

「おまえのような者を、わしの軍勢に加えられるか。これから先のことは、いずれ話合おう。輿《こし》の用意を。神器の分、五辻宮の分、それから持明院統の天子や院の分もだ」

姫橋が頷いた。

「五辻宮様、京へ参りますぞ」

「すぐに京となな、道誉殿」

「もはや六波羅探題はなく、後醍醐帝を奉じる武士だけが京におります。船上山からの帝《みかど》の御還幸も、遠くないと思います。この佐々木道誉が供奉《ぐぶ》いたしますゆえ、道中にはなんの不安もございません」

五辻宮は、それで納得したようだった。

夜を徹しての行軍になる。琵琶湖は道誉の領地のようなもので、大津まで湖上を行けば、朝には京に入れるだろう。

北条の外様《とざま》の御家人《ごけにん》ではない足利高氏に、はじめて会うということになる。ほんとうの顔を見せるはずだ、と道誉は思っていた。これで源氏の勢力が鎌倉を陥とせば、世は足利高氏を中心に動きはじめる。いや、あるいは船上山の帝が中心なのか。

琵琶湖を渡る船の上でも、道誉は舳先《へさき》に座りこんで考えていた。すべての武士の上に君臨してきた北条高時は、足利高氏とどこでぶつかろうとするのか。足利の旗のもとに、どれほどの武士が集まるのか。後醍醐帝は、足利よりも力を持とうとするのか。

琵琶湖の水運は、代々佐々木一門の影響下にあった。船での行軍に、なんの懸念もない。この湖の水をわがものにすれば、近江を制することができる。以前は、よくそう思ったものだった。いまでは、琵琶湖はただの大きな湖だった。流れのない琵琶湖にこだわれば、時代の流れは見失う。

大津では、先に来ていた蜂助が待っていて、園城寺《おんじようじ》や山門の衆徒の動きを伝えてくる。両方とも、形勢を見ているところのようだ。

朝には京極の館に入り、門を兵に固めさせた。旗は、全軍を率いてきたように、数多く揚げさせた。

京には、足利軍に加わって六波羅探題と闘った武士が、満ち溢れていた。足利高氏は、すでに奉行所を設け、戦功の申告を受け付けているらしい。神器を奉じて入洛した、という使者だけを、道誉は高氏の本陣に出した。

迎えの使者が来たのは、翌日だった。

供回り十名ほどを従え、道誉は館を出た。兜は被《かぶ》らず、ひとりに捧げ持たせた。供の者たちの具足まで、赤拵《あかごしら》えで揃えてある。わずかな人数だが、京の通りでは目立った。

高氏の本陣は、六波羅にあった。

仮の館に通されると、すぐに高氏と弟の直義《ただよし》が入ってきた。

「神器を奉じての入洛とは、どういうことだ、佐々木殿？」

道誉の顔を見るなり、直義が言った。高氏はなにも言わない。変っていた。ついこの間、近江を通過する時に会ったばかりだが、別人のような風格を備えていた。なによりも、眼に強い光がある。

「わが領内で、神器が野伏りに奪われそうになっていた。それを止めに入っただけのことです。まさか、領内で神器が野伏りに奪われるのを看過するわけにもいきますまい」

「軍功として認めろ、と言われるか？」

「まさか。神器は帝とともにあるもの。しかし、帝と名乗るお方が二人おられる。どちらにお渡しすればいいかも、それがしにはわからぬ。したがって、もともと御所のある京まで運んできただけで」

「速やかに渡される方がよい。それなら、降参人の佐々木時信の扱いも、いくらかましなものになろう」

「ほう、時信が罪人ですか」

「最後まで、六波羅探題と行動をともにした」

「時信は、常時六波羅探題の配下にあって、裏切りの機会を失っただけのこと。武士らしく振舞った、と私は思いますな」

「裏切りとは、どういうことだ？」

「名分があれば、それでよいと直義殿は言われるのですか。男には、名分さえあればよいと」

「よせ、道誉」

高氏が、はじめて口を開いた。

「生真面目な直義をからかって、面白いか」

「本家の惣領を罪人扱いされて、俺が面白いわけはありますまい」

近江から京へむかう時は、道誉殿と高氏は呼んでいた。殿がとれていることに、道誉はむしろ自然な感じさえ覚えた。

「それで、神器をどうしようというのだ？」

「それを相談するために、使者を出したのです。六波羅探題があれば、そこに相談を持ちかけるでしょう。いまは、足利殿が六波羅の役目をしておられるようだ」

「つまり、どうするかはこちらで決めろ、ということだな」

「そうしていただけると、ありがたい」

「わかった。直義、すぐに道誉の館に赴き、神器を御所へ移せ。後醍醐帝の御還幸があるまで、わしの旗本を警固につけておけ」

「もうひとつ、引きとっていただきたいものがあります」

「持明院統の方々も、お連れしたわけだな」

「ほかに、五辻宮と称されるお方も」

「わかった。聞いたな、直義。佐々木道誉は、われらに神器を届けに来た。それだけのことだ。勿体をつける男だ、まったく」

「では、それがしはすぐに」

「そうしてくれ」

　立ちあがった直義を、高氏は笑って見送っていた。

「関東でも、新田《にった》義貞《よしさだ》が兵を挙げた」

二人だけになると、高氏は遠くを見る眼をして言った。

「新田が、鎌倉を陥とすだろうな。そう長くはかからぬという気がする」

「新田殿は、まったく愚直ですな。愚直に挙兵し、愚直に鎌倉を攻める」

「これからの相手は、駈け引きにだけたけた殿上人よ。あの御仁には、なかなか難しかろう。おぬしのように、すれた男がこれからの俺には必要なのかもしれん」

「たやすく天下が取れる、という形勢でもありませんな。信貴山《しぎさん》には、面倒なお方もおられる。降りてくる気配もない、という話ではありませんか」

「京というのは、不思議なところだ。さまざまな戦《いくさ》が、常に行われている」

高氏が眼を閉じた。

この男の心の底の望みは、ほんとうはなんなのか。それをわからせない、不思議な茫洋さがあった。もともと持っていたものを、高氏は見せはじめている。それは、いっそう高氏を摑みにくくするものでしかなかった。

この男と競ってみるか、と道誉はふと思った。戦で勝てるわけがない。もともとの家格も違う。しかし、裸の男と男なら、競える。勝つこともできる。

「それで、佐々木時信にはお咎めなし、ということでいいのだな、道誉？」

「もともと、咎められるようなことではありませんぞ。降参人を黙って許せないようでは、高氏殿の器量も知れたものだ」

「変ったな、道誉」

「まわりが変れば、同じでも変って見えるもの。それがしが変ったと言うなら、高氏殿はもっと変られた」

「俺は、変らぬ。変りたくもない」

にやりと、高氏が笑った。

「俺が近江を通って西にむかう時、おぬしは俺に従いそうな口調だった。北条高時が通っても、同じ顔をするだろうと思った」

「当たり前のことですな、それは。高氏殿も、どちらにつくかはっきりは言わなかった」

「北条を討つ、と言ったさ」

「口で、そう言うことは誰にでもできる」

「そして、討った」

「高氏殿は、はずみの行先を、いくつも考えておられた。はずみで六波羅探題を討つ。はずみで、船上山の帝を討つ。はずみで、関東に返す。はずみが、六波羅にむかっただけでしょう」

「俺のはずみに、おぬしは合わせただけか？」

「まあ、そんなものですかな」

「これからは？」

「高氏殿は、この道誉に気を許されないことです」

「これはいい。いまの俺を、脅《おど》すか」

声をあげて、高氏が笑った。

2

京は騒然としていた。

鎌倉が陥ち、北条高時をはじめ、北条一門の重立った者たちは死んだ。あれほど堅固に見えた幕府も、崩れはじめると早かった。

すべてのものは、内側からまず腐っていく。そして最後に、形骸となった外側が崩れる。人の崩れ方も同じようなものだろう、と道誉は思った。

船上山にあった後醍醐帝が還幸し、たちまち強引とも思えるような政事《まつりごと》が開始された。六波羅で武士に軍忠状に証判を出していた足利高氏とは、すぐにぶつかることになったらしい。高氏は退《ひ》き、帝の親政に従うという構えをとっていたが、相変らず信貴山から動かない大塔宮《おおとうのみや》は、高氏排斥のために征夷大将軍を望んでいるという噂だった。

武士の棟梁である征夷大将軍という地位を、皇子《みこ》たる人が望むということに、帝親政との齟齬はあるものの、朝廷の次の敵は足利というのは慧眼だった。大塔宮は、足利追討を叫んでさえいる。

足利高氏は、帝より尊の字を与えられ、尊氏となっていた。道誉は、出家する前は高氏という名だった。同じ名であることに、親しみを感じたことはない。尊の字を与えるかどうかというところに、朝廷と武士側の騙し合いも垣間見えた。

六月に征夷大将軍をもぎ取った恰好の大塔宮は、朝廷内で激しく足利一門と対立を続けていた。しばらくは、大塔宮と尊氏の争いが続く、と道誉は見ていた。

京極の館には、三百の兵を入れていた。ほかの武将と較べてそれは多いが、領地が近江で兵糧などはすぐに運べる。

道誉の与えられた仕事は、市中見回りだった。検非違使《けびいし》だったころと、本筋の仕事では変りはない。三十名ずつひと組にして、市中を見回らせた。道誉自らが見回る時には、その数を百に増やし、薙刀《なぎなた》、弓を加えて兵装もものものしくした。道誉の前後には、二騎ずつ騎乗の者も付いている。

「戦と間違えておるのではないか、佐々木殿」

ある時、足利直義以下の武将が居並ぶ中で、道誉は直義にそう言われた。

「戦なら、陣を組み、砦を築き、まず兵糧を蓄え申す。この道誉は、京の民に、これほどの軍勢が見回っているのだ、と教えているだけでござるよ」

「しかし、薙刀がいるのか?」

「直義殿らしからぬお言葉ですな。薙刀は見せるために持たせておる。なにか事を起こそうとする輩《やから》も、それを見れば気が竦《すく》みましょう。なにか起こってから押さえるのではなく、起こる前に押さえる。それが治安というものだ。何度か、検非違使をつとめた上で、それがいいと判断したまで」

「確かにな」

めずらしく、直義は自説を貫こうとしなかった。

「兄上は、なんの役にも就かれぬ。禁裏《きんり》には異形の者どもが出入りする。力というものを、見せてやった方がいいのかもしれん」

直義が見せたいのは、市中の民にではなく、公家にだろうと道誉は思った。なにもしない兄の代りに、直義は毎日のように公家と談判を続けているらしい。うんざりしているのは、外からも見てとれた。

翌日から、道誉は百名を百五十名に増やした。騎乗の武士も十名である。軍勢が移動している、という感じになる。御所の近辺の見回りでも、道誉が現われると、異形の者たちは姿を消した。

軍勢をひけらかして回っただけではない。二度盗賊を捕え、一度は人を斬った武士を取り押さえた。捕縛したものは、脚も縛って歩けないようにし、市中を馬で曳いていく。そのやり方が輪をかけた噂になり、容赦のない男だと評判を立てられているらしい。

六波羅近辺に行くと、各地から本領安堵を求めて集まってきている武士たちが、視線をそらした。所領関係の決裁は、公家や武士が一緒になってやっている。揉め事を解決するところで、逆に揉め事が起きてしまうことが多いのだ。殺気だった武士たちも、道誉の一行を見ると冷水を浴びせられたようになる。

武士たちがなにを求めているのか、道誉には一目瞭然だった。揉め事を公平に裁いてくれる棟梁を求めている。そこに公家が入ることで、すべてが面倒になっているのだ。公家には、武士に対する消し難い憎悪がある。

尊氏がいつ出てくるのか、と道誉は見ていたが、いま表面に出ようという気配はなかった。帝の親政というものがどうなるか、見定めようとしているのだろう。武士の中で最大の力を持った尊氏を、朝廷では無視できない。本来ならどこかの役職を任せたいところだろうが、尊氏は固辞し続けていた。

「なに、鴨川の河原でだと」

見回りの間、道誉はいつも三人の物見を出していた。そのひとりが、鴨川で武士が多人数の乱闘をしている、と知らせにきた。

「よし、駈けるぞ。騎馬五頭が前に出ろ」

市中を百五十の軍勢が駈けていく。ふだんは出していない旗も、掲げさせた。土埃があがる。人々は、道の端に寄って不安そうに眺めている。激しい戦が終り、京では一応の平穏は保たれているのだ。

鴨川の河原に出た。乱闘ではないということは、見てすぐにわかった。四、五十人が二手に分れているが、ともに陣形を作っていた。つまり戦である。ただし、遣《つか》っているのは棒で、武具ではなかった。

「河原で戦の調練とは、なんのつもりぞ」

そばにいた羽山忠信《はやまただのぶ》に、音声《おんじよう》をあげさせた。集まっているのは、まともな武士とは言えなかった。異形の者が多い。

道誉は、片手を挙げて薙刀の五十を脇へ動かした。残った百は、横に拡がらせる。道誉のまわりには、騎馬が五騎と、十名の徒《かち》がいる。

「その旗は、佐々木道誉か」

「問う前に、名乗れ。たとえ河原であろうと、戦の調練とは何事ぞ」

羽山忠信は、偉丈夫で声も大きい。集まっている者たちは、圧倒されかけていた。黒馬が一頭、前へ出てきた。はじめから、道誉はその男だけを見ていた。

「征夷大将軍、大塔宮護良《もりよし》である」

自ら、その男は名乗りをあげた。

「なんと、征夷大将軍と言うか、不埒にも程があるぞ。この場で成敗してくれる」

さらに言い募ろうとする忠信を制し、道誉は馬を降りた。ほかの者たちも、それに従う。片膝をついた道誉を見て、男も馬から降りた。眼に、力がある。どこか、後醍醐帝の面影も持っていた。

「大塔宮様、これはいかなることでございますか。戦の調練とは、穏やかではありませんぞ」

「許せ、道誉」

大塔宮が、白い歯を見せて笑った。

「気が塞《ふさ》いで、どうにもならぬ。私は、禁裏でなにやかやと煩《わずら》わされるのが、どうしても好きになれぬ。それが好きな、公家や武士も多いようだが」

「気が塞ぎまするか」

「ああ、戦をしていた時が、懐しい。苦しくても、やり甲斐はあった」

「大塔宮様は、気の晴らし方を御存知ありませんな。この御容子《ごようす》では、いつも張りつめておられるのではありませんか。よろしければ、この道誉が気を晴らして差しあげとうございます」

「そこもとの、市中警備の噂は聞いている。どんな男かと思っていた」

また、大塔宮が笑った。闊達《かったつ》さを隠そうとはしていない。

いま、朝廷の中では、大塔宮と足利一門が鎬《しのぎ》を削りはじめたのだという。それは、後醍醐帝と尊氏の暗闘と言ってもいいものだった。主役の二人は、正面きってぶつかってはいない。

「野駈けでもするか、道誉」

「おやめください。このような時の軍勢の野駈けなど、民を怯えさせるだけです。戦火は熄《や》んだとはいえ、いまだ戦の記憶は生々しく残っております。上に立つお方が、そのような愚かな振舞いをされてはなりません」

「愚かか。はっきり申すのう」

「戦の調練など、もっと愚かでございます。大塔宮様でなければ、この道誉が斬り捨てていたところですぞ」

「わかった。おまえに、気を晴らして貰おう。私の気が晴れなかったら、おまえもやはり無骨な武士だ」

「皇子の身であられながら、武士の真似をして喜んでおられる方とは違います」

道誉は、床几を持ってこさせた。陣幕も張った。四ツ目結の佐々木の紋が入った陣幕である。罪人を捕えて、人目を遮らなければならない時があるかもしれない。そのために、いつも兵に持たせていた。

「大塔宮様、まずは」

瓢《ふくべ》の酒を、道誉は差し出した。並んだ床几から見えるのは水面と、枯れた色が拡がりはじめた河原だけだ。

征夷大将軍である。しかし、鎌倉にいた征夷大将軍は、代々公家から選んで連れてきていて、実権はすべて北条一門のものだった。大塔宮は、倒幕戦における戦力の一部をまだ抱えてはいたが、武士の力から見るとそれは小さなものだった。

「私の力が、それほどのものではない、と思っているな、道誉」

「それは、足利一門の力と較べれば。そもそも、領地が違います。北条一門の旧領を朝廷で接収されても、そこから武力が育つまえに、殿上人の贅沢で消えていくのではないか、とそれがしは思います」

「まこと、その通りだ。武士は、土地と結びついているがゆえに、強い。この国から、土地がなくなることはないからな。そして、朝廷がその土地を安堵してやっても、武士は安心せぬ」

「そういうことが、おわかりではない方だ、とそれがしは思っておりました。なんとしても征夷大将軍になりたいと、信貴山で駄々をこねられていた姿を拝見しまして」

「あれは、足利尊氏がすぐにでも征夷大将軍を望むのではないか、と思ったからだ。いまでは、後悔している。帝の御親政の中にも、征夷大将軍というものがあり得るのだと、武士たちに知らしめることになった」

大塔宮の盃に、道誉は酒を注いだ。集まっていた者たちにも、酒が配られはじめている。自分の兵には、道誉は飲むことを許さなかった。

「しかし、駄々をこねているように見えたか、私は」

大塔宮が、声をあげて笑う。その笑みが、なぜか淋しげなものに見えた。帝に疎《うと》まれはじめている、というのも単なる噂ではないのかもしれない。

大塔宮は、倒幕戦の話をはじめた。山の民を説いて回った旅、寡兵による戦。大塔宮の眼が、少年のもののように輝きはじめる。

若いな、と道誉は思った。尊氏より二つか三つ下なだけだろう。それでも、大人と少年のような違いがある。こういう純粋さで、尊氏に対抗できるのだろうか。

「溢者《あぶれもの》を集めて、軍勢になさるおつもりですか？」

「朝廷には、軍勢がいなかった。仕方があるまいな」

「馴《な》れぬ酒に、もう酔いはじめておりますぞ」

「私は、いまを問わぬ。二年後、三年後に立派な兵に育てばいい。朝廷の軍勢は、ひとりひとり育てていかなければならんのだ」

楠木正成《くすのきまさしげ》がいる。名和長年《なわながとし》もいる。彼らは、朝廷の武士と言っていいだろう。ほかにも、朝廷に付く武士は少なくないはずだ。そういう武士にすら頼らないという考えを、大塔宮は持っているのかもしれない。領地とは結びつかない兵。いまの朝廷なら、銭で兵を養うこともできるかもしれなかった。北条一門の、広大な領地が手中にあるのだ。

「なにを考えている、道誉？」

「それがしは、武士でございます。父祖の血がしみた領地を有しております」

「その土地を慈《いつく》しめばよい。その土地に、米を実らせればよい。土地とは、そのためのものであろう」

「どういうことでございますか？」

「武士が、土地と武力を二つながら持っているから、面倒なことになるのだ。だから、土地だけを持っていればいい」

「その土地は、自らの手で守らなければなりますまい」

「朝廷が、それを守る。そのために、朝廷にだけ軍勢があればいいのだ。私のこの考えは、主上にも申しあげてある」

「しかし」

「夢のようなものかもしれぬ。しかしそうしなければ、御親政はすぐに崩れる。武士の力を借りた御親政なら、やがてかたちだけになり、力を持った者がすべてを支配するようになる」

「いままでの武士は土へ帰し、新しい武士を作ろうというのですか？」

「朝廷の軍勢、と私は呼んでいる。新しい武士と言っても構わぬ」

「武士も、かつては朝廷の軍勢であったはずです。それが、いつの間にか政事の頂点に立つようになってしまった。そうではございませんか？」

「もう一度同じことを繰り返す愚を、避けるだけの知恵が朝廷にあればいい」

「いまの騒ぎを見ていると、それがしにはあるとは思えません」

「はっきりものを言う男だな、道誉」

大塔宮は、腹を立てたふうもなく、ただ笑っていた。やはり、淋しげな笑顔に思える。

鎌倉の幕府が潰れて数カ月で、新しい政事の混乱がまだ続いているという見方もできるが、その混乱が収束していくという気配も感じられなかった。公家が舞いあがりすぎているとしか、道誉には思えなかった。千種忠顕《ちくさただあき》など、呆れるような贅沢をはじめ、私兵としか思えない武士まで飼いはじめるという有様だった。

元弘《げんこう》の変の折り、捕えられた千種忠顕を預ったのは道誉だった。隠岐へ配流と決まって、後醍醐帝とともに出雲《いずも》まで護送したのも、道誉だった。千種忠顕については、興奮しやすい男という印象が強い。興奮して叫んでいるかと思えば、二、三日塞ぎこんで口をきかなくなったりする。後醍醐帝の方が、はるかに剛毅なものを持っていた。

それでも千種忠顕は、隠岐を脱出してから、軍勢を組織して闘った。その分だけ、闘わなかった公家よりはましと言える。

公家で忘れられないのは、北畠具行《きたばたけともゆき》だった。隠岐への護送の役目を終えて帰京すると、すぐにまた北畠具行を鎌倉に護送する命を受けた。その旅の途次、自領の近江柏原で、斬れという命が幕府から下ったのだ。北畠具行は、最後まで落ち着いていて、静かに死に臨んでいった。

ああいう公家がいたことさえ、いま朝廷で幅を利かせている公家たちは忘れている。

「大塔宮様がお味方と思える公家が、いま朝廷に何名おりますか？」

「なぜ、そんなことを訊く？」

「北畠具行卿のことを思い出しました。それがしが、斬り奉りました。笙《しょう》の笛を吹くことを最後の望みとされ、見事に澄んだ音《ね》を、わが耳に残されました」

大塔宮は、眼を閉じていた。

京極の館から、酒肴が運ばれてきた。戦の調練が馳走に変って、滋者たちは下卑た声をあげていた。

「酒で、私の気を晴らすのか、道誉？」

「いえ。大塔宮様の気を晴らす者どもも、そろそろ集まりはじめたようです」

「ほう、何者たちだ？」

「猿楽の一座ですが、御覧になったことはありませんか？」

「ない」

「ならば、よい折りです。京の人々の気を晴らすために、それがしが近江より呼び寄せた一座でございまして」

小鼓《こつづみ》、大鼓《おおつづみ》が鳴り、舞いがはじまった。滋者たちが、手を叩いている。大塔宮の眼が、輝きはじめた。口もとから笑みも洩れている。近江猿楽は、大和《やまと》猿楽ほどもの真似などはせず、舞いや音曲や唄が中心である。京で、他の芸風とも交わればよいと思い、呼び寄せたのだった。

興が乗ってきたらしい大塔宮は、上体を乗り出している。もの真似の芸が入ると、手も叩きはじめた。道誉は、鼓の後ろから流れてくる、笛に耳を傾けていた。どこか、哀切さを帯びた音《ね》に聴えるのは、北畠具行の笙の笛を思い出したからなのか。

「おお、紅葉《もみじ》か」

小舟四艘に紅葉の枝を積ませていた。川面を、紅葉が流れていくように見える。それが舞いをひきたてた。

「道誉、紅葉が流れ去ってしまう」

大塔宮が声をあげた。

「秋《とき》を惜しんではなりません。秋《とき》を止めようとしてもなりません。季節は、流れ行くものでございますれば」

「そうか」

「人の世も、また同じでございましょうな」

「私に、なにを言いたい」

「たかが猿楽でございます。お愉しみいただければ、それだけで一座の者には望外の喜びでございましょう。この道誉とて」

大塔宮は、かすかに頷いたようだった。すでに、紅葉は流れ去っている。ひと時なるがゆえに美しい、と道誉は思った。

大塔宮の酒が進んでいた。道誉は、また笛の音に耳を傾けはじめた。

溢者たちが、手を叩く。舞いが、すべて終ったようだ。三歳ほどに見える童《わらべ》が出てきた。笛の音が流れ、不意に童が唄いはじめた。童とは思えない、太い声だった。米がとれた。これで飢えなくても済む。唄は、ただそういう内容だった。喜びがあり、その裏に悲しみもあった。

気づくと、大塔宮の眼から、涙が流れ落ちていた。それは頬を伝い、顎の先から滴っている。唄が終った。溢者たちも、しんとして聴いていた。

「名は、なんという？」

童を呼び寄せ、大塔宮が声をかけた。

「犬王《いぬおう》と申しまする」

唄とは違い、童の声だった。

「そうか、犬王か。犬王、これをおまえにやろう」

扇だった。犬王は、両手でそれを押し戴《いただ》いた。笛を吹いていた男が進み出て、頭を下げた。

「久しぶりに、気が晴れたぞ、道誉」

「それは、よろしゅうございました」

「佐々木道誉か」

言って、大塔宮は床几から腰をあげた。

3

時信が、ひとりで座っていた。

祇園《ぎおん》の宿所、高橋屋の一室である。道誉はここに、えいという女を住まわせていた。京極の館が煩しくなると、ここへ逃げてくる。

「これは時信殿、どうしたのだ？」

六角《ろっかく》佐々木は京極佐々木の本家筋に当たり、惣領の時信の方から訪ねてくることはない。道誉より十歳下になるが、そのあたりははっきりしていた。

「わしは、倒幕の折り、最後まで六波羅探題の下にいた。仲時殿が果てられたと聞いて、降参したが」

「それで？」

「咎めはあるだろうと覚悟していたのに、なにもなかった。それどころか、帝の御親政では、佐々木一門で一番高い地位まで与えられた」

「嫡流たる六角佐々木の惣領なら、それは当然のことと思われるが」

「わしも、そう思ってきた。当初から足利殿に同心した道誉殿でさえ、惣庶の秩序は乗り越えられないのだと」

「まさしく、その通りだ」

時信の顔が、苦痛にでも襲われたように歪んだ。

京極佐々木は近江の北半分、六角佐々木は南半分を領しているが、近江守護の職は常に六角のものだった。六角の当主時信は、一門の中でも道誉の上にいることが当たり前だったのだ。

「きのう、わしは足利尊氏殿に会った。嗤《わら》ってくだされい。自《おの》がために、頼み事に出むいたのだ。尊氏殿は、表情も変えず、ただ道誉を通せと申された。なぜ、佐々木一門の惣領たるわしが、そんな真似をしなければならないのだ、と問い返した。いまのわしがあるのは、道誉殿がある手柄と引き換えに、わしの罪をなかったことにしたからだ。それも知らぬのか、と尊氏殿は申された」

「そうか」

「知らなかった。咎めを受けなかったのがなぜだろう、とひと時考えただけで、道誉殿の顔は浮かびもしなかった」

「佐々木一門の惣領が咎められたら、わしが困る。だから、自《おの》がためにやったことだ」

御親政のはじめから、時信は雑訴決断所《ざつそけつだんじょ》の要職に就いていた。本来なら道誉が就いてもよいものだったが、あえてそうすることで、尊氏は佐々木一門を割ろうと目論んだのかもしれない。道誉は気にせず、市中見回りだけを熱心にやった。次には、惣領の体面を傷つけるようなことを、尊氏は時信に言ってみた。

そうだとすると、見かけによらず尊氏は緻密な男だった。そして、油断もできない。

「気にされては、困る」

「いや、礼ぐらいは言わせてくだされい」

時信は、律義な男だった。だからこそ、最後まで六波羅探題を捨てることもできなかったのだ。その律義さを、尊氏が見抜いたかどうかはわからない。ただ無器用な男と思ったことも考えられる。

「わかった。時信殿に対する、貸しのひとつにしてくだされ」

「借りか」

「返せる時に、返してくれればよい」

そうするのが、尊氏のやり方に対して一番いいような気がした。

佐々木一門は、それぞれの庶流の独立性が強い。それでも一門としてまとまっていた方がいい、というのが道誉の考えだった。近江は、関東から見ると京ののど首である。領地として近江が欲しい、と尊氏が考えても不思議はなかった。京極と六角が対立するのは、尊氏にとって好都合なのだ。

「佐々木一門の惣領は時信殿。これから、さらに時代は動こう。そういう時だからこそ、惣領を戴くというのは大事なのだ、とわしは思う」

「済まぬ。そんな思いも知らず、わしは悪口まで言った。道誉殿の市中見回りのやり方はものものしすぎるなどと」

「本家の惣領が、つまらぬことを気にするのではない。言いたいことを言っていればいい。最後には一門を守る。惣領は、それさえできればよいのだ」

「わしは、恥じている」

「よさぬか、時信殿」

「この通りだ」

時信が、茵《しとね》に両手をついた。

「困った人だ、時信殿も。われらは、近江を領している。一門はほかにもいるが、近江は大事なのだ。時代が乱れた時、必ず要《かなめ》の土地になる。京を守るにも攻めるにも、近江は大事なのだ。ということは、足利も、朝廷も近江を狙っている。そうは思わぬか？」

時信が顔をあげ、道誉を見つめてきた。

「だから、近江はひとつでなければならぬ」

「わかる。それはわかるが、しかし足利殿が近江を狙うなどということが」

「あのお方なら、やりかねん。わしが聞いたところでは、先の関東の戦では、新田義貞殿が総大将であり、何度かの激戦を経て鎌倉へ攻め入っている。幕府を倒してみれば、尊氏殿のまだ幼少の息男《そくなん》が、軍忠状に証判を出しはじめたというではないか。人の戦でさえ、横から掠《かす》め取るようなことを、あの御仁はなさる。領地を押領《おうりょう》することぐらい、たやすくやってのけそうだぞ」

「そう言われれば」

「いまは、武家の頂点に立っておられる。近江一国のために、外聞の悪いことはなされまいが、油断はできぬお方よ」

「道誉殿は、尊氏殿が嫌いか？」

「好き嫌いではない。京で尊氏殿に会った時、この男に利用はされまいと思った。好き勝手に使われて、命を擦り減らすまいとも思った。そう思うには、覚悟もいる。わしは、尊氏殿に対して、わしの生き方を押し通すつもりはないのだ。一対一でむき合った時、私はあの御仁を好きなのかもしれん。だから、曲げたくないものも出てくるのだ」

時信は、額に汗を浮かべていた。

年が明け、酷寒の季節は終ろうとしているが、まだ春めいてさえいない。

「われら一門に、道誉殿がいてよかったと思う。つらつら考えてみたが、わしは降参した時にすべてを取りあげられていても、不思議はなかった」

「もう終ったことだ、時信殿。いまほど時の流れが早いことはない。ふり返ってばかりでは、その流れを見失う」

「わかった。わしも、時の流れを見失わないよう、心しよう」

それから時信は、雑訴決断所の、気の遠くなるような仕事の量と、公家たちのわがままを話題にしてしばらく喋り、もう一度頭を下げて帰っていった。

「おえい」

客殿から居室に戻る時、道誉は声をかけた。

高橋屋は、この半年で道誉の別宅同様になっていた。京極の館には兵がいるが、家人は高橋屋に詰めていることが多くなった。

えいは、二十二である。十六の時から高橋屋に住まわせているが、子は生《な》さなかった。

ただ、気に入っている。抱くと肌が吸いつくような感じになってきた。

「肩を揉め。このところ、鬱陶しいことが多くて、肩が凝る」

市中の見回りは続けていた。道誉の見回りは、京の名物になった感さえある。しかし狼藉も多かった。以前は濫者などが起こす狼藉だったが、いまは訴訟に出てきた武士が忿懣《ふんまん》の果てに起こすことが増えている。雑訴決断所の仕事が滞り、しかも公平を欠くためとも考えられた。

「猿楽の一座が、また来ております」

「京の人気になっているようではないか」

騒然としながらも、京で大きな出来事は起きていない。むしろ地方で、北条の遺臣などが暴れはじめた。

昨年の秋、朝廷では若年の北畠顕家《あきいえ》を陸奥守《むつのかみ》に任じ、義良《のりよし》という親王を推戴《すいたい》させて陸奥へやった。北から、御親政の力を浸透させるというより、鎌倉に対する備えと見えないこともなかった。そのひと月後には、足利直義が成良《なりよし》という親王を推戴して鎌倉へ行った。

後醍醐帝と尊氏の暗闘が、かたちとして見えはじめてきている、と道誉は思った。いまも、尊氏は御親政の要職に就こうとしないが、朝廷の中にまで尊氏の力が及んできているのは、誰の眼にも確かだった。

北条の遺臣の地方での叛乱は、鎮まる気配はない。京では、公家たちの生活がいっそう贅沢になった。

「笛を聴きたい。誰か呼んでくれ」

肩が楽になると、道誉は言った。

庭に現われたのは、隻眼《せきがん》の男で、童を連れていた。

隻眼の男は、阿曽《あそ》という笛の名手である。近江猿楽の一座は、呼んだ当初は道誉が養っていたが、いまでは市中の興行で充分に生計《たつき》が立つようだった。

「おまえの伜か、阿曽?」

「いえ、近江路で拾いました。なぜか、笛の音に這い寄って参りまして」

「犬王と申したのう」

「よく、憶えておいでで」

「唄に、不思議な響きがあった。おまえの笛で、唄わせてみよ」

犬王は、無邪気に立っている。阿曽が笛を鳴らすと、時々舞いを入れながら、童とは思えない声で唄った。涙を流していた大塔宮の姿を、道誉は思い浮かべた。

朝廷の中での大塔宮の立場は、あの時から少しずつ悪くなり続けているらしい。衣を一枚ずつ剝がされるが如くだという。後醍醐帝と尊氏の間で、愚直に夢を語り続けているのかもしれない。語れば語るほど、夢は遠くなる。耳を傾ける人も少なくなる。

犬王の唄が終った。

えいが、躰を固くしていた。笛の音だけがしばらく続き、犬王はただ立っている。

「阿曽、犬王をしばらくわしに預けぬか」

阿曽の、開いた方の眼が閉じた。しばらくして開いたそれは、道誉を真直ぐに見つめてきた。

「犬王の唄を、なんと聴かれました?」

「不思議な響きがある。前はそう思った。いまは、もっとよく聴えた。このまま唄わせてはならぬ」

「幾度か、殺《あや》めてしまった方がいいのではないか、と私も思いました」

「滅びの響きじゃのう」

「まさしく」

「生まれ持ったものであろう。このまま唄い続けさせれば、やがて多くの人々を滅ぼすようになる。それは、やめさせたい」

「どうやればいいのか、私も思い悩んでおりました」

「わしが預かる間、唄は禁じよう。武士の子のように躾《しつけ》られて、数年を過すのだ。それから唄わせても、遅くない」

「殿のお心のままに、お引回しくださいますよう」

「よいのか、それで?」

「拾ってはみたものの、どう扱えばいいのか、自分が玉を拾ったのか、邪の塊を拾ったのか、わからなくなったところでございました。といって、私から離すこともできず」

「これなる女性《にょしょう》は、えいと申す。子はおらぬ。犬王を、子として育てさせよう」

「よしなに」

「時々は、会いに来い。しかし、笛は聴かせるな。人を惑わすほどではないにしても、おまえの笛にも滅びの響きがあったのだ」

「恐れ入りました」

阿曽は、一度平伏し、犬王を残したまま、なにもなかったように立ち去った。

犬王が、腰に差している扇に、道誉は眼をやった。昨年の秋、鴨の河原で、大塔宮に与えられたものである。

「おえい」

「はい」

「乳を出せ。わしの代りに、犬王に吸わせてやれ。この子は、そこからはじめなければならぬ」

束の間ためらったえいが、襟を開き、形のいい乳房を出した。

「こっちへ来い、犬王」

犬王は、えいの乳房を見つめたまま、道誉のそばに来た。

「おまえに、この乳をやろう。おまえはこれから、書見の時を持たねばならん。太刀《たち》を振る稽古も、弓も、馬もやらねばならん。つらいと思った時、えいのもとに来て乳を吸うのだ」

「はい」

「赤子ではない。おまえはもう、歯も立派に生えておる。なにかが憎いと思った時は、乳首を嚙みちぎってもよい。さあ、吸ってみよ。好きなように、吸ってよいぞ」

戸惑っている犬王を、えいが抱き寄せた。小さな頭を抱え、乳房に押しつける。しばらく、されるがままになっていた。音をたてて吸いはじめたのは、かなり時が経ってからだった。

「まあ、この子は」

えいが声をあげる。胸もとが紅潮し、かすかに首をそらしていた。

「まるで殿のような吸い方をいたします」

「それでよい。人の子に帰っていくのだ。そこから、はじめさせよう」

犬王が乳を吸う音は、いつまでも続いていた。道誉は、それを醜く聴き苦しい音曲のように、かすかに首を振りながら聞いていた。

4

道誉が、雑訴決断所の要職に就いたのは、八月だった。決断所の仕事の滞りが、いよいよ放置できなくなったのだ。増やされた人員の中に、道誉ほか、佐々木一門が何人か入った。増員されたのは、武士が多かった。

二日目で、道誉は唾を吐きたいような気分になった。談合で決められるものが、一日にいくつかある。あらかじめ訴人と話合って、都合のいい決断を下すのである。貢物を受けとって、そうしているとしか思えなかった。

「佐々木殿も、大人になられた方がよい。いずれ、頼まれることもあるであろうから」

訴状を読むと、どうしても却下しなければならないことが明らかなものに、公家が二人裁可を与えようとした。道誉は、ひとりだけ反対した。

「決断所に加わって、まだ十日余の新参であろう。和を乱すようなことは、せぬことじゃ。

第一、決断所にそのような直垂《ひたたれ》で出仕するとは何事じゃ。場所をわきまえられよ」

決断所の職員になってから、道誉は白地に赤い花の柄のある直垂を愛用していた。血を浴びたように見えるのだ。

「直垂で裁決をするわけではないわ」

道誉はやにわに立ちあがると、鞘に収めたままの太刀で、二人の公家を打った。

決断所は、大騒ぎになった。

二人の公家の烏帽子《えぼし》を叩き落とし、縁にうつぶせに倒して、背を踏みつけた。

「佐々木道誉、乱心」

ほかの公家が騒ぎはじめた。道誉を取り押さえようと、門から警固の兵が駈けてきた。検非違使も勤めることになった六角佐々木家の兵たちで、さすがに道誉には手を出せず立ち竦んだ。

「静かにしろ」

道誉は、肚の底から声を出した。

「雑訴決断所に巣食う、虫のような輩をつまみ出しているだけだ。われは佐々木道誉ぞ。御親政の根を食い荒らす虫は、主上のためにも成敗せねばならぬ」

人の輪ができていた。

踏み出してきたのは、足利家の執事、高師直《こうのもろなお》だった。

「御親政の根を、食い荒らすとな、佐々木殿。それは由々しきことだが、なにか証拠でもあるのか?」


「この二人は、却下されるべき訴えを通すために、布五反ずつを受け取った。五反の布と、贈った者をいまここに連れてくる」

昨夜から、蜂助に命じてあった。

道誉の弟、貞満《さだみつ》が、その武士をひっ立ててきた。申し述べたことも、詳しく書きとっているはずだ。

「訴状はここにある。却下せずに裁可を与えることがどれほど笑止の沙汰か、読めば童でもわかる。まこと、決断所の公家は腐りきっておるのか。それとも、腐っているのはこの二人だけか」

人の輪は、しんとしていた。道誉に踏みつけられた公家が、呻きながら涙を流している。

道誉は、足をどけた。なにか喚《わめ》こうとした公家に、鞘ごと太刀を突きつける。

「まずこの訴状が裁可すべきものかどうか、ここで読みあげようではないか」

道誉が言うと、公家は息を呑んだ。

「痩せても枯れてもこの佐々木道誉、道理を曲げてまで生きようとは思わぬ。さあ、読んでみよ。この道誉に道理なくば、この場で腹を切って果てて見せよう。この道誉に道理があれば、虫けらの素っ首を叩き落とす」

「佐々木殿、待たれよ」

「高師直殿。こういう不正を許すのは、主上の御心か、それとも尊氏殿の意思か」

「お鎮りあれ、佐々木殿。ここはすべて、高師直が預り申す」

「ほう。足利家の執事の名にかけて、正邪を裁くと言われるのだな」

高師直が、苦笑した。道誉の芝居には気づいているようだ。

「いかにも、足利家の名にかけて、この師直が預り申す」

「よかろう。お任せしよう。訴状は写しがある。訴人には、もう一度訊かれるがよかろう。それがしは、京極の館にて、待つことにいたします」

道誉が顎を動かすと、家人《けにん》が草履を持ってきて揃えた。

縁を降りて歩いていく。人垣が割れた。

「逃げも隠れもいたしませぬぞ、師直殿。縄を打つべきは誰かが決まったら、速やかに知らせてくだされい」

門の外には、馬が待っていた。百五十の軍勢もいる。市中見回りをしていたころと同じだった。

「佐々木道誉、帰館いたす」

　馬に跨がった。

　軍勢が動きはじめる。

「貞満、俺は無事で済むまい。おまえが、俺の代りに、この糞壺に詰めることになるぞ」

「兄上、無事で済まぬと申されると？」

「まあ、俺は気楽になる。ひとりふたり、腐った公家をつまみ出しても、どうにもならぬ。それなら、気楽でいたいからな」

「厳しい御処置が下れば？」

「貞満、男は恥じるところがなければ、それでよい。死ねと言われれば、笑って死ねばよいのだ。糞壺の中で生きるのは、生きながらの死よ。しばらくは、おまえにそれを押しつけることになるが」

　館の門は、兵が固めていた。三百の兵は、いつも置いている。

　処置が決まるまで、二日かかった。ふだんは禁裏を避けている尊氏が、一度出むいた気配があった。

　使者は、時信だった。

「どのような処置かはわからぬが、決断所ではなく、御所に同道せよということだ」

「なるほど」

「御寛容に、と尊氏殿にお願いに行った」

時信が考えるのは、いつも無駄なことだった。有能だが、胆力がない。それで能力を生かせないところもある。

決断所の職員などやりたくない、と道誉は尊氏に伝えただけだ。それが気に入らなければ、蟄居《ちっきょ》ぐらいはさせるだろう。御所に呼ばれているとなれば、帝にも聞えたのかもしれない。それはそれで、仕方がないことだった。

時信は止めたが、見回りの時のように、百五十の兵を伴った。ただし御所へむかうので、薙刀は持たせていない。

御所では、それほど待たされずに、帝の前へ連れていかれた。御簾《みす》のむこう側である。平伏して、道誉は待った。

並んだ殿上人の中に、尊氏や楠木正成や千種忠顕の顔もあった。

「久しいの、佐々木道誉」

帝の声だった。

「はっ」

「武士の中では、そこもとには不思議な縁がある。橋渡しの警固を、二度もつとめた。隠岐へむかう時も、道誉が警固であったな」

「恐れ入りまする」

「鞘ごとの太刀で打って、足で踏みつけたか。ばさらのふうは、失っておらぬ。小気味よいことぞ」

道誉は、平伏したままだった。帝は、かすかに笑い声をあげたようだった。

それで終りだった。

「しばし、館にて謹慎《きんしん》せよ。道理はあろうと、決断所内で狼藉を働いたことは変りない」

言ったのは、千種忠顕だった。

それだけで、道誉は御所を退出した。

「主が、一献酌み交わしたい、と申しております」

足利の家人《けにん》だった。

「道誉は謹慎の身なれば」

「謹慎などを、気にされるお方ではない、と主は申しておりました」

「気にはしているが、足利殿のお招きとあれば」

案内されたのは、六波羅の奥の館だった。

尊氏は胡座《あぐら》をかき、熱い湯を啜っていた。

「いつ現われるかと思っていたが、ついに自ら訪《おとな》ってくることはなかったな、道誉」

「尊氏殿は、武士の棟梁。俺ごときが、気軽に訪える相手ではなくなりました」

「心にもないことを言う。湯を飲まんか、道誉。暑い時に熱い湯を飲む。それでいくらか楽になる。とにかく、京の夏は蒸す。鎌倉の夏が恋しいのう。海がすぐそばにあるというのは、いいものだ」

「一献酌み交わすとは、湯のことでござったか。これは、尊氏殿の倒幕に似ている」

道誉を見る尊氏の眼が、一瞬鋭くなった。その眼が、また茫洋とした光を帯びる。

「ものものしい市中の見回りといい、決断所における狼藉といい、昔と変っておらんな、道誉」

酒が運ばれてきた。家人はすぐに退出するように言われているらしく、部屋の中は二人だけだった。庭の蟬がかまびすしい。

道誉は、酒に手をのばした。尊氏は、額に浮いた汗を、白い布で拭《ぬぐ》った。

「俺が幕府に出仕した時、おぬしはもう高時殿の側にいた。意表を衝《つ》くやり方で、いつも高時殿を喜ばせていたものだ。この男は、道化かと思ったものだ。俺は、そういうことが下手だった。おぬしには、何度か助けられたな」

「俺は、いまも道化に変りはありませんでな」

「道化だろうよ。やり方を見ていれば、昔と変らぬ。しかしその道化ぶりが、底知れなくなったぞ、道誉」

「高い地位に昇ると、疑心暗鬼が友となるというが、まことなのかな」

「おぬしが、まことの味方なのかどうか、俺にはわからん。帝の方へつくのではないか、という気もする。帝も、おぬしのことは気に入っておられる」

「ならば、俺の首を刎《は》ねられればよい。決断所における狼藉など、恰好の理由になったであろうに、惜しいことをされた」

「近江には、おぬしがいてくれた方がいい」

御親政に背き、いずれは足利の幕府を作る気があるのだと、尊氏の言葉の中から道誉は読んだ。考えてみればそれは当たり前のことだが、帝をはじめとする朝廷は、どこまでそれに気づいているのか。

このままの政事では、武士の叛乱は鎮まるどころか、ますます激化していく。しかも、北条の遺臣の叛乱だけではなくなるだろう。武士の沙汰をする棟梁が、いまは求められているのだ。できるかぎり多くの武士が、尊氏を棟梁として仰ぐことを望む。その時機を、この男は静かに測っているに違いない。

「俺はどうも、あのお方が嫌いになれなくてな。いつも、わが身だけを考えておられる。誰もが、わが身のために生きている、と信じて疑っておられぬ」

あのお方とは、後醍醐帝のことだろう。確かに、どこか尊氏と似ているところもある。

「それで？」

「俺も、誰もが俺に同心してくれるものだ、と思っている。直義は甘いと言うが」

「俺に、同心せよと？」

「言うまいな、おぬし」

「言葉がどれほど空しいか、尊氏殿が一番御存知であろう」

「空しい言葉なら、口に出してもなんの痛痒《つうよう》もあるまい」

「なにがあろうと、尊氏殿には同心はせぬ。そう言っても、同じだということになりますぞ」

道誉が言うと、尊氏はにやりと笑った。

「俺は武士だ、道誉」

「わかりきったことを」

「いや、倒幕以来、俺はずっと帝のなされようを見ていた。武士をうまく支配するには、俺を使わねばならぬ。しかし、そうはされぬ。どうでもいい公家どもに、武士の沙汰をさせる。あまりに間違いが大きいので、俺が出ていって押し返す。そのくり返しであった」

「いろいろとあったが、大筋ではそうだった。政事がこれほど混乱しているのも、武士の扱いを間違っているからだ。

道誉は、酒を口に運んだ。そうやって、喋りはじめようとする自分を止めた。微妙な話題になってきている。

「帝は結局、武士というものを認めてはおられぬ。武士の力がなければ倒幕はできず、いまも国の姿は保てぬというのにだ。はっきりは申されぬ。大塔宮の口を通して、それを申されている」

「帝と大塔宮は、疎遠になりつつあるという話でしたが。征夷大将軍も召しあげてしまわれた」

「大塔宮の口を通して言われる以上、大塔宮と俺の押し合いになる。だから俺は、大塔宮を押した。もう、崖の淵まで押しこんだであろう。そういう一年であった。大塔宮が崖の淵に立っても、帝にはなんの痛痒もないらしい。まこと、わが身のために人はすべて生きている、と思いこめるお方よ。それが、血を分けた子であろうと」

朝廷の軍勢を作るというのは、大塔宮だけの考えではない。それはあり得ることかもしれなかった。しかし、実際に動いているのは、大塔宮だけである。大塔宮が対決し、帝が妥協に動く。すべてはそうだった。そして押されるたびに、大塔宮は衣服を一枚ずつ剝がされるように、力を削がれていった。

道誉は、また盃を口に運んだ。

「大塔宮は大塔宮で、いろいろ考えておられよう。大きな夢もお持ちの方だ。しかし、純粋すぎる。戦場では手強い相手でも、朝廷の中では帝の道具にしか過ぎん」

いま、なぜ尊氏が大塔宮の話をするのか、道誉は酒を含みながら考えていた。この男には、気が満ちている時と、抜けている時がある。いまは気が満ちている、と見えた。尋常ではない迫力があるのだ。ただ、道誉はそれに押されてはいなかった。

「気になるのは、奥州へ行った北畠顕家卿」

「まだ童ではござらぬか。北畠親房《ちかふさ》卿が後見をしているという話で」

「いや、俺は何度か会っている。気圧《けお》されるようだった」

「ほう、尊氏殿が？」

「ずっと奥州を見ていた。叛乱が続発するべきところが、大きく乱れてはおらん。これは叛乱を押さえる軍勢があるということだ。北畠親房卿に、それができるとは思えぬ。結城《ゆうき》宗広《むねひろ》のような武士にもな。いまは、奥州に小幕府ができたようにも思える」

「鎌倉に、御舎弟がおられるではありませんか」

尊氏は、湯の入っていた椀に酒を注いだ。

「まあな」

「あとは欲しい武将だが、楠木正成。この男だけは、なんとしても欲しい。新田の代りはいくらもいるが、楠木に代れる者はおらん」

道誉は、楠木正成をあまり好きではなかった。城に籠って大兵を引きつけ、背後で悪党を暴れさせる。戦に関しては卓抜なものを持っていたが、自分とはあまりに違いすぎる人間だった。赤松円心《えんしん》の方が、まだ理解はしやすい。

「ああいう戦は、俺にはできん」

「悪党の戦でござろう、あれは。寡兵をもってすれば有効だが、大兵を抱えた戦ではないという気がします」

「その時はその時の戦ができる、という気が俺はする。怕《こわ》いと思った、ただひとりの男だ」

怕いということも、平気で口にする。やはり摑み難い男だった。

「武将では、あとは赤松が欲しい。そんなものかな」

尊氏がこんなことを語るのは、なにか意味があるはずだった。近いうちに、その意味が見えることが起きる、ということなのだろう。

「ところで、道誉は女子《おなご》は好きか？」

「好きですな。女体に触れていると、時々陶然とすることがありますぞ」

「時々であろう？」

「まあ、ほんのわずかな時でありましょうな、生きている時に較べれば」

「溺れるというのが、俺にはわからぬ。そういうことがあるのか？」

阿野廉子《あののれんし》のことだろう、と道誉は思った。帝の寵愛をいいことに、禁裏で好き勝手に振舞っている。それだけならまだしも、しばしば政事に口も出しているという。

あるいは、勾当内侍《こうとうのないし》という女官を帝より下げ渡され、溺れていると言われる新田義貞のことかもしれない。

「男は、女子に溺れたりするものか？」

「たとえば、尊氏殿が女子に溺れたとします。これはよくあることで、溺れるだけなら、どれだけ溺れてもよい。ただ、寝所でだけの話ですぞ。寝所の女子の頼みなどを尊氏殿が表に持ち出せば、まわりで諫《いさ》める。女子が表に出てあれこれ指図するようであれば、暗殺するしかありません」

「暗殺じゃと」

「左様。足利家ならば、御舎弟か高師直殿の役目でしょうな。そうしなければ、この二人は女子に嫌われて最初に遠ざけられる」

「女子の力とは、そんなに強いものか」

「まあ、尊氏殿にその心配はありますまいが」

尊氏は、北条守時《もりとき》の妹を室としていたが、ほかに女はいないはずだった。女よりも、若い男を好む傾向がある、と道誉は睨んでいる。それは、直義も同じで、男と女に関しては足利家では厳しく躾られたと推測できた。

尊氏は話題を変え、鎌倉のことを語りはじめた。それも、十年も前の鎌倉のことだ。

「ところで、欲しい武将は楠木正成と赤松円心と申したが、おぬしは入っておらぬ。欲しいも欲しくないも、もともと俺と一体だと思っているからだ。鎌倉で、ともに高時殿に仕えたころからな」

「なんと言われようと、俺は近江を動きませんぞ」

「ふむ」

尊氏が、じっと道誉を見つめてきた。近江を動かないというのが、兵を出さないという意味なのか、別の領地に移らないという意味なのか、しばし考えているようだった。

5

尊氏が、阿野廉子と近づいている、という噂が聞えてきた。

蜂助は、大塔宮が和泉《いずみ》、紀伊《きい》の領地でなりふり構わず兵を集めている、という情報を持ってきた。大塔宮自身、しばしばひそかに紀伊に行っているらしい。蜂助は、配下を十名ほど使い、禁裏の中まで探っている。

尊氏から、兵を出せという触れ状が回ってきた。軍勢督促ほどのものではなく、帝の行幸の警固だという。

同じころ、時信が訪ねてきた。本家にも、同じ要請があったらしい。

「どうするか、道誉殿と話合おうと思った」

「出せばよい」

「しかし、帝の行幸に、ものものしすぎる軍兵ではないか。八千の軍勢という話だ。ただの警固であろうか」

時信は、尊氏が行幸で帝を討つ機会を狙うかもしれない、と思っているようだった。尊氏が、そんな馬鹿な真似をするはずはない、という判断も時信にはつかないようだ。

「わしは、秀綱《ひでつな》にでも行かせようかと思っている」

「そうか。しかし、わしは氏頼《うじより》に行かせることはできん。まだ十歳でしかない」

「躰の具合が悪そうだな、時信殿」

「京の空気がよくないのだ。ひどく暑く、息苦しい。琵琶湖のそばに帰りたいと、しばしば思う」

「決断所の仕事を、ひとりで背負っているのではあるまいな。あんなものは、放り出してしまえばいい」

「道誉殿の真似はできぬ。それができる性格ではないのだ」

「病という届けでも出せ、時信殿。とにかく、氏頼殿を立てて、兵だけでも出せ。戦にはならぬ。吉田厳覚を付けるゆえに、面倒を看《み》させよう。秀綱と氏頼殿は、いつも一緒にいればよいではないか」

「まこと、戦にはならぬか？」

「ならんよ」

一年前と較べると、時信は明らかに痩せていた。乱世でなければ、有能な男なのだ。有能なだけに、雑訴決断所の仕事などを、懸命にこなそうとしてしまう。

「近江に帰るのもよい、時信殿」

「しかし」

「六角佐々木家は、俺が支えてやる。氏頼殿を、立派な当主に育てあげる。六角が衰えることは、佐々木一門が衰えることだ」

「考えさせてくれ。道誉殿には、恩を受けてばかりだ」

それだけ言って、時信は帰っていった。

道誉は、秀綱と吉田厳覚を呼んだ。

「わしは、高橋屋へ行く。秀綱は、兵二百を率いて、足利殿のもとへ行け。本家から、氏頼殿も兵を率いてこられる」

「氏頼殿は、まだ十歳ではありませんか、父上。戦になれば、どういたします」

「戦になど、ならん。もっといやなことになるが、それは後のことだ」

「高橋屋へは？」

「側の者だけでいい」

道誉の側にいる家人は、吉田厳覚を除くと三人に過ぎなかった。

高橋屋で、道誉はしばらく暮した。

足利軍は、京に五千いた。それはすべて、尊氏の館を固めていた。帝の社寺行幸には、尊氏自ら供奉し、八千の軍勢で警固した。

「館を、実際に襲おうともしたのだな」

「溢者が四百ほど。しかし相手が五千の兵で、しかも館の中となれば」

高橋屋の一室である。燭台の明りが、ぼんやりと蜂助を照らし出している。

「行幸には、八千か」

これでは、大塔宮は手も足も出せなかっただろう。尊氏は、やはり周到な男である。襲わせて返り討ちにするという危険すら、冒しはしない。

大塔宮が、尊氏の命を狙う。大塔宮だけの意思ではない、と道誉は思った。尊氏を討たないかぎり、武士の力は排除できないと、帝が決断したに違いなかった。しかし、証拠はない。大塔宮が襲おうとした証拠さえ、尊氏は出さなかった。出す気になれば出せたはずだ。自分さえ、蜂助を使って襲撃の情報を摑んでいた。尊氏が、摑んでいないはずはないのだ。


秋が深まるまで、道誉は高橋屋を動かなかった。

犬王が、いくらか変りはじめている。羽山忠信が、剣の指南に通っていた。馬も弓もやらせ、毎日一刻は書見をする。

忠信に打たれた痕なのか、顔や躰によく痣《あざ》を作っていたが、時々笑ったりもするのだ。

道誉が高橋屋に来てから、通う必要のなくなった忠信は、毎日庭に犬王を引き出している。

「唄わせていまいな、おえい」

「はい。時々唄いたがりますが、叱っております。ひどくつらそうな顔をして、その日は私の乳も吸いませんわ」

「いいのだ、それで」

「ひと晩眠ると、大丈夫なようです。羽山様の剣術のお稽古が厳しくて、疲れている時はよいのです。お稽古がお休みの時、ふと唄いたくなるようです。殿様がこちらに来られてから、毎日お稽古ですから」

「めしは食うか?」

「はい」

庭では、忠信の声がしていた。犬王の気合は、ほとんど聞えない。肚の底からの気合をいつ出すのか、道誉は待ち続けていた。

大塔宮が捕縛されたという知らせが、十月も終りに近づいたころに入ってきた。捕縛したのは、尊氏ではなかった。帝の命によって、結城親光《ちかみつ》と名和長年が捕えたのである。尊氏とは、最も遠い武将の二人だった。

帝自身が捕縛したことに、道誉はさほど驚かなかった。捕縛せざるを得ないところへ、尊氏はじわじわと帝を追いつめたのだろう。

「皇位簒奪《さんだつ》の計画があると、阿野廉子が帝に訴えたか」

「もっぱらの噂でございます。訴えは、多分あったのでございましょう。それが原因での捕縛かどうかは、わかりません」

蜂助も、尊氏の館へは潜入できない。五十名ほどの忍《しの》びがいるという。宮中の方が、むしろ潜入するのはたやすそうだった。

「尊氏様が、一度参内され、帝と二人きりで話されたことは確かなようです」

阿野廉子を使って流しこんだ皇位簒奪計画とは別のものも、尊氏は持っていたのだろう。自分を暗殺しようとした大塔宮の行動が、帝の許しを得ているという証拠かもしれない。それなら、帝は自身の手で大塔宮を捕縛して、潔白を証明するしかなかっただろう。あるいは、大塔宮の挙兵計画かもしれない。それにも、帝が許しを与えている可能性はある。

いずれにしても、帝と尊氏しか知らないことだ。

そして尊氏のやり方が、周到で酷薄なものだという印象だけが、道誉には残った。

尊氏の地位とて、磐石なものではない。新田義貞が、もっと武士の沙汰に熱心になれば、そちらへ流れる者も出てくるだろう。足利、新田についていない武将も、朝廷には少なくない。棟梁として誰もが認める新しい武将が現われれば、武士の大勢はそちらに傾く。

足利の力だけで、北条を倒したわけではなかった。

「なかなかに、正体を見せぬ男よ」

「なんでございますか？」

「こちらのことだ。それより、大塔宮の身柄は？」

「いまは、武者所《むしやどころ》でございます。今後どうなるかは、わかりません」

「奪い返そうとする者も、出てくるかもしれぬな」

「私は、なにを探りましょうか？」

「いまは、静観する。わしが命ずるまで、あまり動くな」

「足利の館では、頻繁に関東との使者のやり取りが行われているようですが」

「であろうな。しかし、探る必要はない。探らなくても見えてくるものはある。ところで、姫橋がどうしているか、知っているか？」

「伊賀の山中かと思われます」

「連れてこれるか？」

「はい。四日あれば」

「ここで待つ」

蜂助が消えると、道誉はしばらく腕を組んで眼を閉じていた。

後醍醐帝が、皇位も生命も賭けて大塔宮を守ろうとしたら、尊氏はここまで押すことができたのか。皇子を捕縛するということは、自らの滅びに繋がりはしないのか。

帝の親政など、なされるべきではなかったという気がした。帝は、権威だけ持てばいい。政事は、武士に任せればよかったのだ。帝の親政と言っても、いずれは公家が力を持つことになる。それは、関白が政事をやるということだ。征夷大将軍が幕府を開かないというだけで、実態はそれほど変りはしないはずだった。

尊氏は、今後、帝とどうむき合っていくのか。征夷大将軍になり得るのか。それとも、無冠の実力者のままでいるのか。

「殿、お休みになりませぬか？」

宿直《とのい》の忠信だった。

「もう寝よう。犬王も、もう寝たのであろうな」

「はい。童なれば、とうに」

「どうだ、あれの心根は？」

「内に籠って、気を外に出しません。真剣で稽古をしてみようか、と思っております」

「心根が、見定め難いか？」

「真剣を持たせてみれば」

「殺してはならんぞ。ねじ曲げてもならん。いまのまま、心を開かせるのだ」

「仰せの通りに、いたしております。いましばらく、時を」

道誉は頷き、腰をあげて寝所へむかった。


姫橋が現われたのは、四日後だった。

「伊賀で狼藉を働いていたのか、姫橋」

「悪党が、働きやすい時代が続いております。このごろは、ますます働きやすくなり申した。だから、悪党はやりたくないのです。働きやすい仕事をやるのは、男ではありません」

「仕事をやろう。おまえの手下から、五百人ほどを選べ。近江で、調練をはじめるのだ。厳しくやるのだぞ」

「殿様の軍勢に、加えていただけるのですか?」

「すぐに加えられるものか。加えるかどうかも、まだ決めてはおらぬ。おまえが五百の兵を手足のように動かせるようになったら、考えよう。それまでは、銭をやる。近江から出るな」

「好きなところへ、行っていた者どもばかりですからな」

「そこで、おまえの力が問われる。伊吹山で、五百の軍勢を作りあげろ。山の戦をよくなす者がいい」

「また、大きな戦がはじまりますか？」

「それは、わからぬ」

「わかった。俺は、殿様が感心するような軍勢を育てあげればよいのですね。その間の銭はくださる。飢えさせずともよいのですね」

「そうだ」

「やりましょう」

「姫橋という呼び名を、姓にいたせ。名は、いずれつけてやる」

姫橋が笑った。まだ二十四、五である。秀綱より五、六歳上でしかない。不敵さが、道誉は気に入っていた。

大塔宮捕縛から何日経っても、道誉は高橋屋を動かなかった。禁裏にも、尊氏のもとへも行かなかった。

やがて十一月になり、大塔宮は鎌倉へ配流と決まった。鎌倉には、尊氏の弟がいる。つまりは、尊氏に引き渡したようなものだった。

「国へ帰る。その間の京の館は、秀綱に任せよう」

館にも戻らず、そのまま近江にむかった。従うのは二十騎で、犬王を伴っていた。

近江の館は、柏原城のそばにある。いま柏原城には、守備の兵が百名ほどいるだけだった。手兵は領内の各地に散っているが、その気になれば一日で集められる。

近江に入ってから、明らかに犬王の様子が変りはじめた。あまり表情のない顔が、老人のように暗鬱になり、眼は遠くばかりを見ていた。

「近江路で拾った、と阿曽は言っていたな」

近江という土地が、犬王を変えたとしか思えなかった。

犬王が、道誉を見つめてくる。眼に、はっきりした意志があった。

「唄いたいか、犬王？」

「数日、待て。わしが笛を吹いてやる」

犬王が頷いた。

道誉は、五百ほどの兵を、柏原城に集結させた。領内の手兵を全部集めても、せいぜい四千だった。南近江の本家も、同じようなものだ。

三日後、道誉は犬王と忠信だけを伴って館を出た。

大人しい馬なら、犬王はなんとか乗るようになっていた。身なりも武士の子で、脇差と扇を一緒に腰に差している。

館から二里ほど進んだところで、番場峠を越えてきた一行に出会った。

「道をあけろ」

先頭の騎馬が、殺気立った声をあげた。五百近い軍勢である。

「番場峠を越えたところであろう。このあたりで、旅人は休むものだ」

道誉は、両脇に犬王と忠信を並ばせていた。それで、道は塞がっている。軍勢は、止まらず進んできた。

「斬り捨てるぞ。速やかに道をあけろ」

「斬り捨てるとは、笑止な」

「われらは、足利の軍勢ぞ。それを知っての上のことか」

「ここには水場もある。休んだらどうだと言っているだけだ」

犬王は、落ち着いていた。先頭の騎馬が、片手をあげた。薙刀の徒が一隊、前へ駈け出してくる。道誉を庇うように、忠信が進み出た。

「われらは三名で、しかもひとりは童だ。戦にもなるまいが」

「道をあけろ。もう待たぬぞ」

後方から、騎馬が数騎駈けてきた。

「これは」

ひとりが声をあげる。上杉憲房《うえすぎのりふさ》だった。

「佐々木殿ではございませんか」

「そうよ。わが領内で、なにゆえ他国の軍勢に道をあけなければならんのだ。いや、笛でも吹こうと思って、ここへ来た。道をあけるあけないではなく、上杉殿もここでそれがしの笛を聴いていかれぬか？」

「笛でござるか」

「幸い、ここには水場もある」

上杉憲房は、しばらく考えていた。足利家の、重臣中の重臣だった。大塔宮の鎌倉護送には、尊氏もよほど気を遣っているのだろう。

「そうだな。水場も確かにある。それにここは佐々木殿の領内。何事か起きるはずもない場所だ」

上杉憲房が、後方の輿にちょっと眼をやった。

「佐々木殿は、笛の名手だと噂を聞いたことがある。これはいいところを通りかかったものだ」

道誉は頷き、馬を降りた。上杉憲房も、軍勢に休止を命じた。輿のまわりは、薙刀の兵が数十名で固めている。

道誉は、瓢に水を汲み、忠信に渡した。

「輿の中のお方に」

忠信が、上杉憲房に近づいていった。受け取った上杉憲房は、じっと道誉の方を見た。

道誉は、軽く頭を下げた。

「佐々木道誉殿の心尽しだ」

輿にまで届く声で、上杉憲房は言った。

道誉は、犬王の手を引いて、輿の近くの岩まで歩いた。岩に腰を降ろし、笛を袋から出した。頭の中が、白くなった。音は、自然に出ていた。

犬王の濁った童らしくない声が、途中から入ってきた。軍勢もしんとして、具足の触れ合う音さえしなかった。

一度唄い終えると、犬王はまたはじめに戻った。笛が、ついていけなくなった。それほど、犬王の唄声は孤絶している。笛を、道誉は口から離した。唄声だけが流れていく。

風が熄んだ、と道誉は思った。風の代りに、犬王の唄声が心の中を吹き抜けていく。

不意に、なにも聴えなくなった。犬王が、放心したように立ち尽している。

「終ったか、犬王」

動かない犬王を、道誉は抱きあげた。

「死にゆく道に立たれたお方への、いい送りの唄であった」

上杉憲房が進発の声をあげたのは、しばしの静寂のあとだった。

輿が、眼の前を通り過ぎていく。犬王を抱いて、道誉はそれを見送った。

6

大塔宮の存在がなくなってから、帝と尊氏はしばしば直接ぶつかるようになった。さまざまなことが京では起きたが、すべて帰結するところは、二人のぶつかり合いでしかない、と道誉は見ていた。

おおむね、武士は静かで、じっと時を待っているという感じがあった。朝廷の中では、八省の人事が大きく入れ替えられた。先例や家格を無視したもので、武士よりもむしろ公家に大きな衝撃を与えた。

帝は、明らかに急ぎ過ぎている。大塔宮という、尊氏との間にあった楯がなくなったのだ。帝にとって大塔宮は厄介な存在だったが、尊氏にとってはもっと脅威だったはずだ。倒幕の戦を闘い続けてきた、という消し難い実績がある。朝廷側がひとたび反足利の兵を挙げれば、大塔宮のもとにはかなり集まったに違いない。そして、戦場での駈け引きは、朝廷での駈け引きほど、大塔宮を悩ませはしなかっただろう。脅威の中心になり得る存在を、帝の利己心を利用して、尊氏が巧妙に取り除いたことが、時が経つにつれていっそうはっきり見えてきた。

道誉は、京極の館ではなく、高橋屋にいることが多くなった。本家の時信が病臥《びょうが》し、幼い氏頼が佐々木一門の惣領となった。後見という立場の道誉は、京極の館より、高橋屋にいた方が都合がよかったのだ。京極佐々木が、本家の六角佐々木を呑みこむ、というかたちは避けたかった。

新田義貞の存在が、次第に大きくなってきたのも、年が明けてからだった。楠木や名和では、家格が低すぎて武士を集められない。大塔宮の代りになるのは、新田義貞だけだった。しかも、大塔宮ほど帝にとっては扱いにくい相手ではない。

それは、尊氏も同じだろう。大塔宮との対立は、そのまま帝との対立と見られる。しかし相手が新田義貞なら、これは武士同士の対立でしかなかった。

四月に入ったある日、道誉は五十騎ほどの供回りで、嵐山《あらしやま》の麓《ふもと》へ野駈けに出かけた。

やはり百騎あまりで、派手に野駈けをしている一団があった。千種忠顕である。実は、道誉の目的は千種忠顕にあった。

自然、二つの集団が競うような恰好になった。千種忠顕は、馬も弓もうまい。しかし戦は下手である。いざとなると、腰が決まらない。倒幕の戦で、それをはっきりと晒《さら》している。船上山で集めた兵を率いて進撃したが、六波羅勢にぶつかると、ほとんど合戦もせずに丹波に逃げこんだ。千種が奮戦したのは、足利が寝返り、圧倒的に有利に京を攻められるようになってからである。

道誉の五十騎は、はじめ百騎に追い立てられるように駈けた。ただ小さくかたまって駈け、百騎が蛇の躰のように長くのびるまで引き回したのである。

長くのびるのを見透してから、反転し、先頭の集団だけ五十騎で巻きこんだ。十五、六騎で、その中に千種忠顕もいた。残りは、大将が真中に巻きこまれているので、手も出せずにいる。

「頭中将《とうのちゅうじょう》、千種忠顕と知ってのことか」

虚勢を張るような声だった。

「知るか」

叫んだのは、羽山忠信である。

「われらを百騎で追い回すとは、喧嘩を売っているとしか思えん。その首を叩き落としてくれる。いいか、武士を追い回すとはなんたることか、いま教えてやるぞ。相手が誰であろうと、名を惜しむ武士は、命を賭ける。いつ果ててもと思い定めているがゆえに、武士なのだ」

忠信の声は、家中で一番大きい。人を脅す時は、忠信に声をあげさせた。

「どこの家中だ？」

「それも知らずに追い回したか。愚かな者どもよ」

忠信が叫ぶと同時に、道誉は太刀を抜き放った。

「千種忠顕殿。佐々木道誉は、犬追物《いぬおうもの》の犬ではない」

「佐々木道誉か」

「千種殿ならば、縁がないわけではない。わが家でお預りしたこともある。あの時罪人であった千種殿に対してでさえ、この道誉が非道な扱いをしたことがあったか」

「佐々木道誉とは、知らなかった」

「千種殿は、それがしを犬のように追われた。いま首を落とすことはたやすいが、これまでの縁がある。一騎討ちで勝負をつけようではないか」

千種忠顕は、明らかに動揺していた。徐々に人も集まりはじめている。

「道誉、そんなことをして、ただで済むと思うか？」

「男は、死ねばいいまでだ。生き延びて、男でなくなろうとは思わぬ」

「待て、道誉」

「待てぬ。いまをときめく頭中将なら、道誉ごときの首などたやすく落とせよう。いざ、一騎討を」

市中から、検非違使の軍勢も駈けつけてきた。蜂助が知らせたのである。それでも道誉は囲みを解かなかった。

結局、結城親光が仲裁に入り、千種忠顕が詫びることで道誉は納得した。

数日前、氏頼の一行が、やはり百騎ばかりの千種忠顕の騎馬隊に、市中で蹴散らされていた。氏頼は落馬し、打身と擦り傷を負った。道誉は、ただ腹が立っていただけである。意趣返しをする気にもなった。

二日後、武者所に呼び出され、新田義貞と楠木正成に叱責を受けた。かたちばかりである。埒もないことを、という表情を新田義貞はしていた。楠木正成は、ただ苦笑していた。

その一件は、市中の噂になったが、六月には消えた。

権大納言《ごんのだいなごん》西園寺公宗《さいおんじきんむね》の、朝廷転覆計画が発覚したのである。西園寺家は北条家との関係が深く、高時の遺児を担いで、持明院統を立てようという計画だった。

道誉は、高橋屋から動かなかった。次第に、なにかが近づいてきている。そんな予感の中で、静かに暮していた。

七月には、関東で大きな叛乱が起きた。北条高時の子、時行《ときゆき》の叛乱で、規模は最大だった。鎌倉を陥とそうとしている、というのは京で動きを聞くだけでもわかった。

鎌倉には、尊氏の弟直義が、成良という皇子を推戴している。帝にとっても尊氏にとっても、大きな問題になった。ただ、直義が負けることはあるまい、という空気もあった。

時行の軍は、連戦連勝で、次第に鎌倉へ迫っていった。

道誉は、京の軍勢をまとめて、速やかに近江へ戻った。本家の、時信、氏頼父子も一緒である。

近江における軍勢の配置を決め、残りは柏原城に集結させた。三千余に、姫橋の五百が加わっている。

「京で戦でございますな、殿」

「慌てるな、姫橋。それより、おまえに名をやろう。道円《どうえん》というのはどうだ」

「それでは、坊主だ」

「わしも坊主よ、一応はな。北条高時殿が出家された時、おもねってわしも出家した。なに、頭に剃刀《かみそり》を当ててるだけよ。それだけのことであったわ」

「姫橋道円か。強そうではありませんな」

「おまえに不埒があった時は、頭を剃る。京でばさらとうたわれた、佐々木道誉の軍勢だ。胸を張っておれよ」

「それで、頭に剃刀を当ててはいただけるので？」

「面倒だ。そんなことはせん。人に問われたら、剃刀を当てたと言えばよいのだ」

「殿も、もしかするとそうなのでは」

「かもしれん」

言うと、姫橋は声をあげて笑った。

姫橋が十五の悪童の時から、道誉は知っていた。家中に加えてくれ、と言い続けていたのだ。五百の軍勢は、すでに溢者の気配はなく、そこそこ使えそうだった。

「わしの館に盗みに入ったのが、最初であったのう。機嫌が悪ければ、斬っていた」

「生かしておいてよかった、という働きをしてみせますぞ」

「まあ、待て」

道誉は兵糧隊の手配をし、穀物倉の蓄えを出して先発させた。

鎌倉が陥ちたという知らせが入った。

尊氏は、時行討伐の勅許を帝に求めているようだった。叛乱の鎮定で、即座に勅許が下りそうだが、帝は拒絶しているらしい。征夷大将軍も同時に求めていることが、次第にはっきりしてきた。

道誉が予想した通りの動きが、起きている。帝も、見るところは見ているようだった。

戦がそれほど得意ではないとしても、直義が負けるわけはないのだ。関東一円は、足利の勢力下だった。軍勢をひとつにまとめないのはなぜか、という疑問が最初から道誉にはつきまとっていた。小出しにした軍勢が次々に破られるのを見て、直義は負けるつもりだということを、ほとんど確信したのだ。それで、近江へ戻った。

帝も、それは読んだのだろう。鎌倉まで陥とされたとなると、討伐軍を出して当然だった。それをさえ、帝は拒絶している。

尊氏が、どこまで強行できるのか。道誉はただ、それだけを見守っていた。

もう少し押してみろ。ひとりになると、軍鶏《しゃも》でもけしかけるように、そんなひとり言が出てきた。

尊氏が望んだ征夷大将軍が、鎌倉を落ちた成良という皇子に与えられると、尊氏は勅許を待たずに京を進発した。

やっと跳べたか。それもひとり言だった。集結した兵は落ち着いていたが、姫橋ひとりがはやりきっている。しかし道誉がどういう戦をしようとしているかは知らず、訊こうともしないのだった。

足利軍が近江に入ったところで、道誉は全軍を動かした。軍勢の指揮は吉田厳覚に任せ、自身は番場峠の、水場で待った。供回りは五十騎ほどである。

「佐々木道誉、まかり通る」

足利軍の先鋒に声をかけ、二陣の先頭に見える二ツ引両《ふたつびきりょう》の旗にむかって駈けた。

「これは、道誉ではないか」

「尊氏殿、遅すぎる」

「京を引き払ったので、近江の守りを固めるのだろうと思っていたが」

「兵糧隊は、何日も前に進発し申した。尊氏殿が京を発たれたと聞いたので、佐々木一門四千ほどの軍勢は、すでに関東にむけて進めておりますぞ」

「そうか、俺に同心してくれるか、道誉」

「直義殿が待たれるのは、おそらく三河。そこまで、この道誉が先導いたす所存。戦は、それからでござろう。存分に、道誉を使われればよい」

「忘れぬぞ、道誉」

じっと見つめてきた尊氏の眼が、心なしかうるんでいた。

「勅許も得られぬ俺に、ついてきてくれるのだな」

勅許なしの進発は、よほど孤独な決断を要したのだろう、と道誉は思った。叛乱鎮定という、どこからも文句のつけようもない名分を作りあげながら、勅許の下りぬ理不尽。東下《とうげ》の強行。

道誉は、そこで待っていた。

「昔、鎌倉で助けられたように、また俺を助けてくれるのか」

尊氏は、心底から嬉しそうだった。

この男は、こういう顔もできる。道誉はそう思った。それも作ったものではなく、心から表情を作ることができる。同時に、この東下が、大塔宮を追い落としてから、狙いに狙っていた機会にも違いないのだ。緻密な計算で組立てられた東下でもあるのだった。

道誉もまた、あらゆることを計算し尽した。そして、近江にいない方がいいという結論を出したのである。

北条時行は、すぐに鎌倉から追い払われるはずだ。その時、尊氏がすぐに帰洛するわけはなかった。もう一度、征夷大将軍を望むだろう。それが与えられるまで、動こうとしないに違いない。与えられれば、それはそれで道誉の功を尊氏は認めるだろう。与えられなければ鎌倉を動かず、朝廷は尊氏討伐の軍を出すことになる。尊氏につくかぎり、その軍と最初にぶつかるのは、近江にいる道誉だった。ならば、鎌倉にいた方がいい。討伐軍は、速やかに近江を通れることになる。

尊氏が、手甲を眼に押し当てていた。この男の涙は、女の涙にも似ている、と道誉は思った。意識もせず、男を騙してしまう涙だ。

ふだんは荒々しい高師直が、馬を寄せてきて、深々と頭を下げた。

「尊氏殿、源氏の白旗はいいのう」

「そう思うのか、道誉」

「ただ、油断は召さるなよ。この道誉、稀代のばさら者ゆえ。棟梁に足らずと思ったら、堂々と裏切り申す」

「面白い。これは、面白い」

尊氏が、声をあげて笑った。

「駈けますぞ、尊氏殿」

「おう、佐々木の軍勢に追いつこうぞ」

鞭の音。馬蹄。風が、道誉の頬を打った。

夏の空は、いま厚い雲を孕《はら》みながらも、陽光を地に降らせている。

第二章　京より遠く

1

二万。

さすがに多い。緒戦の橋本での敗退が、よほどこたえているのだろう。

橋本には八千余が布陣していて、そこに一万三千でぶつかった。大して手間もかけず突破し、全軍を潰走《ついそう》させた。こちらも陣を組んでくる、と読んでいたようだ。進軍のかたちのまま、尊氏はそこに突っこんだのである。直義を鎌倉から追い出し、勝ちに乗っている相手だった。意表を衝くべきなのだ。それで、勢いは止められる。

遠江《とおとうみ》に入ったころから、従う軍勢は一万を超えた。いまはすでに一万六千に達している。ただ進軍中なので、長くのびていた。

二万とむき合うには、後続を待つ方が賢明だった。しっかりと陣形を組み、威圧していけばいい。

先頭に二千を進ませ、尊氏はすぐその後ろに位置していた。後続は佐々木道誉で、次に高師直をはじめとする一門、そして殿《しんがり》に直義だった。ほとんど先頭と言える位置に尊氏がいることに、直義は強く反対している。

「道誉を呼べ」

尊氏は、伝令にそう命じた。敵の先鋒まで、すでに三里だった。どうするかは、そろそろ決めなければならない。

「敵のようですな」

駈けてきて、道誉が言った。道誉が、ひとりで来ることはない。羽山忠信という側近をはじめ、七、八騎は必ず付いていた。

「物見は、二万と知らせてきた。陣形は、魚鱗《ぎょりん》だ」

「二万とは、これまた多い。北条時行に与《くみ》するものが、東海道にはまだかなりいるということですな」

北条時行は、鎌倉を奪った。だから武士はそちらへ靡《なび》く、と尊氏は思っていた。鎌倉は、東海道だけでなく、全国の武士にとってほかとは意味が違う場所だった。ついこの間まで、幕府があった。武士の沙汰にかぎらず、すべてのことはそこで決められてきたのだ。

「それで、尊氏殿はどうされたいのです？」

「突破したい。橋本でそうであったように、進軍を一歩たりとも遅らせることなく、進んでいたい」

「それで、この道誉を呼ばれた。先陣をきれということですかな」

さすがに、道誉は考えることが早かった。しかし、佐々木の三千だけを敵にむかわせることもできない。

「どう見る。それを訊こうと思った」

「悠長な話ですな。それでは進軍は遅れてしまう。それがしが道を開きましょう。尊氏殿は、いまのまま進まれていればよい」

「敵は二万だぞ、道誉。それに陣形を組んで待ち構えている」

この男、どこまでやる気なのか、と尊氏は測っていた。難敵ではない。鎌倉から駿河《するが》を越えて遠江まで来ているのは、せいぜい二千というところだろう。あとは、慌てて集めた軍勢である。

「鎌倉から、北条一族が軍勢を督促する。これは集まりましょうな。いざ鎌倉、という言葉は、武士の心の底では生きている」

尊氏はなにも言わず、道誉の言葉だけを聞いていた。

「北条の時代は終ってしまった。それを、この道誉が教えてやりましょう。三千余の軍勢を連れて、尊氏殿に従ってきた。鎌倉まで遊山の旅をするつもりではありませんからな」

にやりと、道誉が笑った。

直義が、鎌倉を追われた。それは、自分が京を出る名目を作るためだった。帝はそれを見抜いていて、ついに進発の勅許を出そうとしなかった。見抜いていたのは、帝だけではなさそうだった。この男も、とうにそれを見抜いている。

道誉が声をあげた。後方の、佐々木の軍勢が前へ出はじめた。

敵は、大井川を背にして陣形を組んでいる。橋本でも、浜名湖を背にしていた。迎え撃つやり方として、背水というものには二つの意味がある。決死の覚悟か、逃げたがる兵を逃がさないためか、である。二千の北条、諏訪《すわ》の兵は別として、残りは実際は去就を決めかねているのだ。

道誉はそれも見抜いている、と尊氏は思った。最初にぶつかった橋本で、軍勢の質を見きわめたのだろう。

それでも、二万である。道誉がどういう戦をするのか見てみたい、と尊氏は思った。

佐々木軍が前方に突出してしまうと、尊氏は供回りの五十騎ほどを連れて、丘陵の上へ出た。

そこからは、大井川の河原からむこう岸まで見渡すことができた。

二万は、一見堅陣と思えた。しかし、ほんとうに堅陣を組めるのなら、むこう岸に布陣し、こちらが渡渉するところを迎え撃とうとするはずだ。

「ほう、さすがに佐々木の軍は、大胆な進み方をするのう」

誰にともなく、尊氏は呟いた。楯に身を隠した徒《かち》を横に拡げ、旗を押し立てて進んでいく。三百ほどの騎馬は、その後方だった。

矢がようやく届く距離で、徒は動きを止めた。高く射て、落ちる矢で倒すということが、その距離ではできない。雨のように射てきたが、ほとんどは楯に阻まれていた。

いきなり、騎馬が横に動きはじめた。それだけで、敵の陣に動揺が走るのが、尊氏のいる場所からもはっきりとわかった。もとより、敵は押してくるのが佐々木の軍勢だけだとは思っていない。後続に一万数千がいると思っている。

雨のように射られていた矢が、ぴたりと熄《や》んだ。横からの攻撃に備えて、陣の中で兵が動きはじめた。魚鱗は、すぐに外側だけになった。佐々木軍の騎馬の先頭には道誉がいた。まず右へ動き、それから左へ駈けはじめる。矢の届かないところで、ゆさぶりをかけていた。徒が動きはじめる。横に拡がっていたのが、縦になり、一本の棒のようになって敵陣に突っこんでいく。

　最初の魚鱗が破られると、もう敵には混乱しかなかった。横から騎馬が突っこんだ時、敵は潰走しはじめていた。騎馬は、寄せては返すだけで、深追いはしない。道誉の哄笑だけが聞えるようだった。

「行くぞ」

　かすかな不快さに襲われながら、尊氏は言った。高名を挙げる機を、易々と道誉に与えてしまった、という思いだけが残った。佐々木軍に、損害はほとんど出ていない。討ち取った敵の数も、わずかなものだろう。それでも、二万の大軍は潰走した。渡渉の準備を整えてしたり顔で尊氏を待つ、道誉の姿が見えるようだった。

　尊氏が到着した時、大井川にはすでに舟を並べて仮橋が架けてあった。佐々木軍と先鋒の二千は、むこう岸にいる。

　まったく、いいところだけを道誉は持っていった、と橋を渡りながら尊氏は改めて思った。二万の敵を、わずか三千の佐々木軍が蹴散らしたことは、すでに全軍に知れ渡っている。敵の軍勢の質を見抜いたとはいえ、寡兵で大軍にむかう剛胆さは、尊氏も認めないわけにはいかなかった。

　川を渡ると、尊氏は道誉の姿を眼で探した。どこにもなかった。渡渉して三里ほど進んだところで、尊氏は全軍を止めた。後続に佐々木軍がいないので、少し間を詰めさせたのである。そういうことが、時々気になった。大軍の指揮は苦手だという意識が、尊氏には以前からある。圧倒的な北条の大軍を見て育ったからだろうか。

むしろ、寡兵で野戦をする方が、自分には合っているのだ。四、五百の騎馬と、せいぜい三千ほどの徒。それなら縦横に操れる自信はあった。

道誉は、藤枝の宿まで進んでいた。尊氏の陣営は整えられていて、道誉はすでに先鋒の二千と半里ほど先にいた。翌朝進発した尊氏をそこでやり過し、進軍中の位置と定められた尊氏の後ろに入る、と奉行には伝えてきているらしい。藤枝の陣営の差配は、すべて道誉が行ったという。

その夜、尊氏は道誉を待っていた。手柄を認めさせるために現われるとしても、全軍がそれを見ることができる時というのが、いかにも道誉らしいと思えた。

しかし道誉は現われず、翌日、駿河国府まで進んで宿陣した時も、やはり現われなかった。

さらに進んで、蒲原《かんばら》に宿陣した時、待ちきれず、尊氏は道誉を本陣へ呼んだ。

酒を命じてから、尊氏は側の者たちを退《さ》がらせた。道誉は具足をはずした身軽ななりで、床几に腰を降ろしていた。

「夜になると、いくらか涼しくなるな」

「まあ、こんなものでござろう。ここは川のそばで、海も遠くない。風が通るのです。京は、もっと蒸暑い」

「まったくだ。人まで蒸暑い」

道誉は、手柄の話を言い出さなかった。風が心地よさそうな顔で、盃を口に運んでいる。こちらから言わせる気か、と尊氏は思った。

「ところで道誉、富士川のそばだが」

「それがどうかいたしましたか。敵は、まだ遠くでございましょう」

箱根まで、敵の姿はないと物見の報告は入っている。それに駿河に入ったころから、従ってくる軍勢が四万ほどにふくれあがっていた。

「大井川は、たやすく渡れた。その手柄を、どう扱えばいいのかと思ってな」

「手柄とは、それがしの手柄でござるか?」

「まるで意に介しておらぬ、という言い方ではないか。それとも、武勲第一と、俺の口から言わせたいのか」

「あはあ」

道誉が、おかしそうな顔で二、三度頷いた。

「手柄、手柄と言われるので、もっと手柄を立てよと言われているのかと思いました。尊氏殿はあの場を御覧になっておらぬ。だから二万が逃げ出したのがそれがしの手柄のように思われているのであろう。しかし、あそこで戦らしい戦はなかった。したがって、手柄の立てようもなかった」

「あれが手柄ではないと？」

「それがしの軍勢が近づくと、敵は逃げましたのでな。まあ最後まで残った武将の首をひとつとりましたが、それも捕えようとしたら暴れたので斬ったまでです」

「しかし、二万を潰走させたぞ」

「手柄としてくださるなら、ありがたい話じゃ、それは。馬を走らせただけのそれがしを見て、敵が逃げたとも思えぬ。後続に大軍がいると思ったのでしょう。強い敵ではなかったから、手柄を立てるよい機だったのにとくやしい思いをしておりました。そうか、あれは手柄でござったか」

「二万の敵を追い散らした。立派な手柄だ」

尊氏の方が、そう言っていた。道誉は、嗤っているだろうと思った。

「手柄なら、恩賞もいただけるかもしれぬな」

「鎌倉に到着したら、考えよう」

「これはこれは、思いがけぬ幸運でござる」

道誉が頭を下げた。恩賞を寄越せなどと、決して言わない男なのだ、と尊氏は思った。六波羅探題が近江まで逃げたのを野伏りが討った時、神器を京へ運んできたのも道誉だった。それも、手柄だという主張はしなかった。つまり、すべてこちらで測れ、と言っているのだ。

腹は立つ。しかし痛快さもある。拾い首でも、手柄と主張する輩がどれほど多いか、この二年ほどで尊氏はいやというほど知った。

いまは、そうやっていればいい。いずれ、そんな真似もできなくなる。

「ところで尊氏殿、鎌倉へ流されていた大塔宮を、御舎弟が斬ったという話だが」

いきなり、斬りこまれたような気がした。

今回の東下は、もともと尊氏が画策したものである。北条時行が、諏訪頼重《よりしげ》を頼ったということを知った時から、信濃《しなの》にはあまり締つけをせず、兵を挙げやすいようにしていたのだ。待っているだけで、思った通り兵を挙げてくれた。そして命じていた通り、直義は軍勢を小出しにして負け続け、鎌倉も時行に明け渡したのだ。

鎌倉に幽閉した大塔宮は、その時に斬れと直義に命じていた。そうするために、鎌倉に流罪としたのだ。斬って、叛乱の軍勢の仕業と見せかける。そこまでは、直義はうまくやれなかったようだ。鎌倉を落ちる際に直義の臣が斬った、という噂が流れていることは、忍《しの》びから報告が入っている。

鎌倉へ東下する機会を、自分が狙っていたことを、道誉は読んでいるだろう。帝も、読んでいた。しかしそこで、大塔宮が死ぬことまで、読んでいただろうか。

「俺も、実は心配しているのだ。直義もはっきりわからぬと言う」

「まったく、下手なやり方だな。病死だったとしても、毒殺などという噂は流されたであろうが、噂は噂だ。斬ってしまったということになれば、いつまでもその事実は消えませんぞ。多分、永久に」

混乱に紛れて大塔宮を斬るというのは、もともと尊氏が考えたことだった。道誉は、はっきりそれを責めている、と感じられた。皇子だから斬ってはならなかった、と言っているのか。あるいは、そのやり方を責めているのか。

「大塔宮とは近かったのだったな、道誉」

「お目にかかったのは一度だけで、次には鎌倉への輿をお見送りしただけでありました」

護送の軍勢を番場峠で止め、堂々と笛を聴かせている。直後に、尊氏はそれを知らされていた。

「大塔宮と俺は、相容れることができぬ宿縁であった。大塔宮がいるかぎり、俺はいつも帝に立ちむかう武士だ。そうならざるを得なかった。だからまことに斬られたというのであれば、重石がとれたという気にもなるであろう。とにかく、鎌倉へ入ってみればはっきりすることだ」

「この国に、帝がいなかったらどうだったか、とそれがしはしばしば考えることがありましてな」

「同じだ、道誉。俺は同じことだと思う」

尊氏は、自分で盃に酒を注いだ。

「帝がいなければ、征夷大将軍が帝のような存在になる。その下で、大名たちが力を争うのだ。鎌倉の幕府が、それに似ていた。将軍家はあったものの有名無実、得宗家が実際の力を持っていた。将軍家がどうでもいい存在であったのは、その上に帝がいたからだ」

「帝が権威を持ち、将軍家が力を持つ。執権などいなくて、すっきりしたかたちがよい、と尊氏殿は言われるのですな」

幕府を開く気があるのか、と道誉は訊いているようだった。尊氏はなにも言わず、盃を口に運んだ。道誉が、にやりと笑った。

「権威だけを持っていればいい帝が、力まで持とうとする。そこでいろいろと面倒なことが起きる。そう思っておられるのですな、尊氏殿は」

尊氏は黙っていた。道誉の顔には、まだ笑みがいくらか残っているように見えた。

「帝の御親政がどれほどのものかは、この二年でよく見ました。武士をまとめぬかぎり、この国は治まらぬ。なぜなら、すべての動きが武士の力によるものだからです。北条を倒したのも、御親政を支えるのも揺がすのも、すべて武士の力だ。この国のありようは、いつの間にかそうなってしまっている。武士をまとめるのが武士でよいかどうかは別としてですが」

「俺は武士だ、道誉。しかも棟梁という立場にいる。俺が大塔宮と相容れぬわけはわかろう」

「それは、帝と相容れぬということですな。大塔宮は、帝の一部と言ってもよい」

「なんとでも考えろ。いずれ、少しずつはっきりしていくことであろう。俺ははじめ、帝の御親政でもよいと思っていた。武士の沙汰だけを俺に任せて貰えればな」

「しかし、そんなことではどうにもならぬ、とわかった。そういうことですな。大塔宮は、武士の沙汰を自らなすことを望んでおられた。それは帝が望んでおられたということです。つまり帝は、すべてを手に入れようとなされている」

「武士は、何代も、何十代にもわたって、領地とともに生きてきた。それは川の流れのようなものだ。それを変えるには、また何代もの時が必要であろう」

道誉は、じっと尊氏を見つめていた。眼の底にあるものがなにかは、尊氏にはよく見えなかった。こんな話をしてなんになる、という思いだけが強くなってくる。

「俺は天下を取りたいのだ、道誉。それだけのことだ」

道誉が笑った。尊氏は、いくらかかっとして、横をむいた。

「笑いたければ、笑え」

「まことにおかしい。本音を吐くまでに、手間のかかる方ですな、尊氏殿は」

「なんだと?」

「帝も天下を取りたい。尊氏殿も天下を取りたい。いまは、その争いでござろう。それがしは、はじめからそう思っております。ところが尊氏殿は、なかなかそう言われぬ。本音を吐かぬというのは、北条高時のもとで身につけられた、つまらぬ世渡りの知恵でございますかな」

「言うのう、道誉」

「まあ、あの帝の御相手は骨が折れる、というのはよくわかりますが」

「もういい。俺も、今夜ひとつだけわかった。佐々木道誉は本音を吐かぬということだ」

道誉が、弾けるような笑い声をあげた。

酒は進まなかった。戦陣である。それに道誉は、ともに飲んで気持がいいという相手ではなかった。

「ひとつ命じておく。次の敵は箱根あたりになろう。最初のぶつかり合いは、おまえに任せる。佐々木軍だけでなく、ほかの者も使ってよいぞ」

「今度こそ、高名の機を与えてくださるというわけですか。承りました。箱根、相模川《さがみ》、この二つが今度の東下の山でありましょう。そのひとつを与えていただけるとは、これは幸甚の至り」

箱根と相模川。この二つを破れば、鎌倉へはたやすく入れる。

道誉も、見るところは見ていた。

2

箱根の布陣は、二万を超えていた。しかも、北条時行や諏訪頼重の麾下《きか》を中心とする軍勢だろう。ただ、時行や頼重は鎌倉である。

三島を出た時から、軍勢の先頭は道誉だった。そのまま先鋒となることは、誰もが暗黙のうちに認めているはずだった。

三島あたりで、軍勢は五万に達した。この数を、尊氏は信用していない。ここで負け、京へも戻れないとなると、残るのは足利一門だけに違いなかった。

「大手に高様、搦手《からめて》に佐々木様」

注進が入った。高師直の軍勢はおよそ一万で、途中から加わってきたものがかなり混じっている。

「佐々木道誉に、先鋒を任せてもよいのですか。先鋒というより、寄せ手の総大将という振舞いにさえ見えます」

「よい」

本陣は、平地に置いていた。敵は高地に陣を組んでいる。こちらが低地なら、二万が四万にも五万にも相当すると言っていい。

師直の軍勢は敵と正対しているが、充分に距離があった。攻め下ってこようとすると、搦手の道誉の軍勢が追い落としにかかる。つまり、いまは敵を釘付けにしている恰好だった。

これでは、攻めきれない。膠着《こうちゃく》がどちらに有利かも、見る者による。

「佐々木道誉の戦法は、最上のものと言えないかもしれません。われらは鎌倉の奪回にむかっているのですぞ。多少の犠牲が出ても、攻める戦法が必要なのではありませんか」

「よい」

陣幕の中は、尊氏と直義だけである。直義には、むざむざ北条時行ごときに負けてやらなければならなかった、というくやしさがあるはずだった。

「高様、半里後退。横へ移動」

注進が入った。佐々木軍は動いていないらしい。

敵から見ると、どういうことになるのか、と尊氏は考えた。正面の本隊が横に移動していく。もう片方には、三千がいる。つまり三千と一万の挟撃に遭いかねない。それでも、動かずに耐えていられるか。腰の据った大将がいれば、当然耐える。

三日、ここで持ちこたえれば、膠着は敵の有利に働きはじめる。それまでに、道誉はほかの策も試みてみようというのか。尊氏の本陣に、まだなにも頼んできていない。

「攻めあぐんでいます。佐々木道誉は明らかに攻めあぐんでいますぞ。師直が横に動いたのなら、われらがもっと前へ出て敵と対峙すべきではありませんか」

「俺は、道誉の手の内を見てみたいのだ。鎌倉に入る前に、それをしっかりと見たい。大井川の時は、半分しか見なかったという気がする」

「いずれは、道誉と戦をすることもある、と思っておられるのですか？」

「戦をするしないは別として、手の内を知っておきたい男というのはいるものよ」

尊氏が言うと、直義はそれ以上なにも言わなかった。

対峙して、一刻ほどが過ぎた。師直は移動を完了して、敵の正面にはなにもないという状態になっている。

「迎撃の構えを、お取りくださいますよう」

道誉からの注進だった。

「この場でか？」

直義が言った。

「はい。構えだけで、実戦にはなるまい、ともお伝えするようにと」

「どういうことだ、実戦にならぬとは？」

「よい。迎撃の構えだ。二万もいればよかろう」

道誉は、なにをやる気なのか。両方から攻めれば、潰走する軍勢と見たのか。潰走するならば、山を下ってくる。平地に達して尊氏の迎撃を受けるまでには、距離はありすぎる。

尊氏は、床几に腰を降ろしたまま待った。

遠くから、喊声《かんせい》が聞えてきた。山があげる喊声のようだった。

「敵が」

前線の物見が飛びこんできた。

「山を駈け降りてきます」

「攻めに転じたのか、敵が」

直義が床几から腰をあげた。

「敵は潰走。佐々木様の軍勢が、追い撃ちに討っております」

「なるほど」

上に、一隊を回していたのだろう。両側から攻めると見せかけて、まず上から攻め下ろす。たとえ数百であっても、上からの攻撃は強い。浮足立ったところを、両側から攻める。革袋の水を搾るようなものだった。敵は平地まで搾り出されてくるが、そこで尊氏の本隊の陣を正面に見ることになる。

「終ったな」

散り散りになった敵を、道誉の騎馬隊がしばらく追い回す。それだけのことだった。

「高様の軍勢は、箱根へ先駆けするとのことです」

そう注進が入った時、尊氏は陣払いを命じた。今日の宿陣は、箱根でできる。

敵を追い回していた道誉の軍勢は、殿《しんがり》についたようだった。直義は、不快そうな表情で馬を並べている。

「どう思う、直義?」

「鮮やかなものでございます。奇策を用いたのでございましょうが」

「明日には、相模川を渡り、鎌倉に入れそうだな」

箱根を二刻足らずで破られたとなると、敵の気勢は大きく削がれるはずだ。今夜は、北条時行はふるえて眠れないだろう。

難なく、箱根に着いた。

「いや、われらは虚仮威《こけおど》しのためにいたようなものです。なにしろ、喊声をあげただけでございますからな」

箱根の陣営を整えて待っていた師直が、呆れたように言った。

「佐々木殿は、いつ軍勢を上に回されたのでありましょうな。およそ五百はいたような気がします。上からの奇襲といっても、楠木殿とはまるで違うようです。石も落とさず、丸太も転がしません。旗を押し立てた軍勢が、すべてを蹴散らすという勢いで、駈け下って参りました」

「明日の相模川だけだな、師直。それは、わしがむかう。二ツ引両の旗を押し立てて、先頭で相模川を渡ってくれよう。わしの後詰《ごづめ》が、おまえだ、師直。あとは、通常の行軍で渡らせればよい。軍議はせぬ」

「かしこまりました。佐々木殿への恩賞は、いかがされます。大井川の折りの功もあります」

る。

「鎌倉で」

師直が退がった。側の者たちも退がらせ、尊氏はひとりで考えこんだ。

「嘆虫《たんむ》でございます」

声があった。嘆虫と血虫《ぢむ》。尊氏が使っている忍びで、兄弟である。配下は四十名以上いる。

「出てきて喋れ、嘆虫」

音もなく、嘆虫の姿が浮かびあがった。胴丸の、雑兵《ぞうひょう》姿である。

「姫橋道円と名乗る、近江を巣にする悪党でございました。昨日から、山中に潜んでいたようです。数にして四百から五百。佐々木軍に組み入れられているともいないとも言えます。ふだんの行軍では、荷駄隊にいるようですが、はっきりいたしません」

「野伏り悪党の類いか。山の戦には馴れておるな」

近江山中を巣にする悪党を、道誉が配下に置いていたとしても不思議はなかった。

「姫橋という名で、気になることがございます。二年前、近江番場で北条仲時を自害に追いつめた悪党が、そう呼ばれておりました」

「あの時、道誉が背後にいたのか」

「かたちの上では、姫橋を中心とする悪党どもが、五辻宮を担いだというようになっております。しかし姫橋は、あの前も後も、佐々木道誉の配下のようなもので、領内では決して狼藉を働いておりません」

嘆虫は、うつむきかげんで、尊氏と眼を合わせようとはしない。いつもの喋り方だった。姿を見せろと言わないかぎり、声だけがどこからか聞えてくる。

忍びと呼ばれる者たちを、尊氏は嫌いではなかった。しかし、決して気持を開こうとしてこないこともわかっていた。払った銭の分だけ、仕事をしてくるだけだ。

「もうひとつ、気になることがございます。申しあげてもよろしゅうございますか」

「言ってみよ」

「北条仲時が近江に逃げこんだ時、佐々木時信が数千の兵を率いて追いつこうとしておりました。追いついていれば、姫橋は北条仲時に手出しはしなかったと思われます。佐々木時信は、佐々木一族の惣領でございますので。しかし、京へ戻り、降参しております」

「どういうことだ？」

「佐々木時信に、誤報が届いた、と睨んでおります。誤報を届けたのは、蜂助という忍びであったと思います」

「道誉が使っているのだな」

「蜂助は、もとはわれらと同じ一族でございますが、いまは切れているも同然。時折仕事でぶつかったりいたしますが、ともに譲りはいたしません」

「わかった」

道誉は、巧妙に一族の同士討ちになることを避け、北条仲時をひそかに死なせ、神器を京へ運びこんだ、ということになる。

どこまで、読んでいたのか。読みきれないから、表に出ようとしなかったのか。

「道誉は、その蜂助から、情報を得ているのかな？」

「それだけではない、と思います。私の考えにすぎませんが」

「おまえの考えでいい。言ってみろ」

「一忠《いっちゅう》という名を、御存知でございましょうか？」

「ふむ、京でもてはやされていた、能役者ではなかったかな。わしは見たことがないが」

「佐々木道誉とは、近いようです。近江には、猿楽がございますが、そこから一忠の弟子となる者も多いようです。一忠の弟子は、それぞれ一座を作り、どこへでも出かけていきます。九州へも行けば、陸奥の村々へも」

「その一座が、全国の情報を一忠に伝え、やがて道誉に伝わるということか」

「一座は、武士の館に呼ばれることもあれば、小さな村で寝泊りをすることもございます。軽業をこなすものも、少なくないようです」

「一忠か」

「われらの一族の者で、一忠の弟子になっている者もおります。佐々木道誉が笛を吹き、一忠が舞う。二人だけでそうしていた、というのを見た者がおります」

道誉の笛は知っていた。大塔宮を近江で送った時も、道誉は笛を吹いたのだ。気味の悪い声の童も連れていて、唄わせたという。

「一忠か。憶えておこう」

「余計なことを、申しあげました」

「ところで嘆虫。蜂助なる忍びは、銭でこちらへ来させられぬか？」

「下賤の者ではありますが、銭で働く者の誇りもまたございます。蜂助にも私にも」

「そうか。そうであろうな。そのような者でなければ、恐しくて使えぬ」

嘆虫が、平伏した。立ちあがると、闇に溶けこむように消えていく。

自らをばさらと言いながら、道誉は思った以上に深い。胆《きも》は据っているし、戦もうまい。それぐらいの男を使いこなせないようでは、天下も覚束《おぼつか》ない。呟いた。

それ以上深くは考えず、尊氏は眠りに就いた。

払暁《ふつぎょう》には眼醒め、進発の声をかけた。

一気に箱根から駈け降りた。前には二千の先鋒がいるだけで、すぐに尊氏の本隊の五千である。相模川まで、ひと駈けに駈けた。

一万ほどの敵が、川を背にして待っていた。

数は減っている。その分、精兵揃いだった。陣の構えを見ただけで、それは感じられる。

同じ陣形でも、気を発しているかどうかはあるのだ。

鎌倉はまだだが、すでに追いつめていた。敵にあるのは、追いつめられた者たちの、自分を捨てた迫力だった。

「遠巻きにして、少しずつ搾りあげた方がよい、と思いますが」

後続の師直が、追いついてきて言った。

「平場《ひらば》の戦は、坂東《ばんどう》武者が得意とするところぞ、師直。あれぐらいの敵さえ蹴散らせずに、なんの天下だ」

「しかし」

「ここは、わしが行く」

「総大将という立場を、お考えくだされい、殿。どうしても行かれるなら、それがしに先鋒をお命じください」

「見ていよ、師直。ここを破ったら、あとは大軍で鎌倉に入るのみ」

尊氏は、片手を挙げた。

騎馬が集結してくる。およそ一千騎。徒が先鋒と合わせて六千である。

「徒の半数を、搦手に回せ。残りの半数は、大手から騎馬隊に続け。騎馬隊が突っこむまで、動いてはならん」

一千の騎馬隊を、二つに割った。五百が、まず上流に回りこむ。敵が、矢を射はじめていた。尊氏は、五百の騎馬隊を率い、正面に出た。上流の五百騎が、突っかける。矢がそちらへ集中すると、尊氏が突っかける。二ツ引両の旗。総大将がこれにある、とはっきりと教えてやった。敵の陣形の中から、八百ほどの騎馬が飛び出してきた。下流にむかって駈け、それから尊氏は馬首を回した。八百騎。押し寄せてくる。待った。

太刀を抜き放った。

「行けっ」

声をあげると同時に、馬腹を蹴っていた。旗本が周囲を固めようとするが、尊氏は先頭を譲らなかった。敵の騎馬武者の、見開いた眼まで見えた。五百は、小さくかたまっている。尊氏が先頭にいるので、そこへ集まってくるのだ。

ぶつかった。ひとりを、馬から叩き落とした。幼いころから、平原の戦の調練だけは重ねてきたのだ。いつも自分が先頭に立って、それをやってきた。

血が熱くなった。北条に叛旗を翻して、はじめてのことだという気がする。

ぶつかってくる者を、叩き落とす。それを何度かくり返すと、敵の騎馬隊を突き抜けた。上流にいた五百が、突っこんでくるところだった。一度断ち割られると、騎馬隊であろうが徒であろうが、たやすくもう一度ひとつにはなりきれない。そこに五百が襲いかかっていく。それで、騎馬隊はほぼ崩れた。五百が尊氏のまわりに集まってくる。

血は快い。ふと、そう思った。返り血を、かなり浴びている。

敵がかなり拡がるのを見て、尊氏はもう一度片手を挙げた。五百騎が、一斉に駈けはじめる。両脇に、二ツ引両の旗があった。

ぶつかるまでのことはなく、敵は算を乱した。

尊氏は、一千騎をまとめ、そのまま渡渉した。渡りきる前に、馬首を敵の背後にむける。喊声をあげ、水の中を駈けた。徒も、同時に二方向から突っこみはじめていた。闘わず降参する者が出はじめた。固いのは、中枢の三千余だ。騎馬で断ち割っていく。それで終りだった。敵の騎馬隊がもう一度まとまる余裕も与えず、徒を蹴散らしていた。

闘い足りない。そんな気もした。しかしすでに、師直の軍が前へ出はじめている。

「鎌倉まで、駈けるぞ」

そう言い放ち、尊氏は再び渡渉した。

前方には、相模、武蔵のかぎりない平原が拡がっている。地鳴りをさせながら、数千騎が従ってきていた。

3

八月十九日だった。

北条時行は逃げ、諏訪頼重は自害していた。

二階堂にある仮の館で、直義がすぐに軍忠状に証判を出しはじめた。

鎌倉は騒々しかったが、尊氏のいる居室だけは静かだった。蟬の声。陽の光。戻ってくるまでに、二年余がかかった。

鎌倉に、すでに北条高時はいなかった。当たり前のことが、なぜか不思議でもあった。鎌倉といえば、自分にとっては北条高時がすべてだったのだ。

各地からは、武士の参集が続いていた。しかし、有力な武士はそれほど加わっていない。京の朝廷の動きを睨みながら、両端を持している、という感じである。

自分が鎌倉に戻れば、武士はこぞって集まってくるだろうと考えていた尊氏にとって、ちょっと鼻白むような事態だった。参集してくる武士と会うのも、すべて直義に任せっきりだ。

鎌倉へ来れば幕府を開ける、と安易に考えていたわけではない。まずは、あの京から出ることだった。帝と朝廷から離れることだった。

思えば、北条を倒すために、長い歳月を闘ってきたわけではない。ほんの一度の決断と戦で、京を攻めた。鎌倉を攻めたのは自分ではなく、新田義貞だ。

武士たちが、尊氏か義貞のどちらかを棟梁に仰ごうと考えるのは、当然と言っていい。鎌倉に居座っていれば、やがて道は見えてくるかもしれない。いまの混乱は、すべて武士の沙汰を間違ったところから起きている。武士の沙汰に関しては、義貞よりも自分の方がずっと手腕を持っていることは、この二年ではっきりとわかった。義貞は、朝廷に対して田舎者らしい畏怖を抱き続け、すべて従うことしかしなかった。武士のために朝廷とやり合ってきたのは、自分なのだ。

鎌倉にいて、武士の沙汰をきちんとなしていれば、やがて武士は自分に靡いてくるに違いなかった。そうなれば、幕府を開いたのと同じことになる。

しかし、帝がそれを許すわけもなかった。朝廷につく武士は、まだ多くいる。大きな戦を経ることなくして、実質的に幕府を開いてしまおうというのは、虫のいい話だ。

何日も、尊氏はそんなことを考え続けた。

深く考えるというのではなく、思念が乱れるとぼんやりしてしまう。野駈けをしようという気も、躰を鍛えようという気も起きず、居室に寝転んでいるだけである。

その日にあったことの報告に、直義がやってくる。高師直もやってくる。それを聞くのさえ、面倒だった。

勅使が到着した。

争乱を平定したなら、速やかに上洛せよ、という内容の勅命が伝えられた。官位はあがった。相変らず、勅命ですべての人間を動かせると、帝は信じている。それは、空恐ろしいことに尊氏には感じられた。

とてつもなく強固なものに、自分はいまぶつかっているのではないのか。その強固さは、軍勢などでは打ち砕けないものではないのか。くり返し、そう考えた。毎日現われる直義や師直が、そういうことを考えてもいないのに腹が立った。しかし、怒声を発する気力は出なかった。

これは病なのだ、と自分に言い聞かせる。時々、この病に襲われる。なにをやるのも面倒になり、ただ寝転んでいるが、そうしている自分の姿が思い浮かぶと、それにもまた耐えられなくなってくる。

「新邸が、完成に近づいております」

師直が報告に来た。

「なんだ、それは？」

「将軍家の跡地に新邸を建てよ、と京を出る時に殿は言われましたぞ」

思い出した。どうでもいいことにしか感じられなかった。

「新邸に移られたら、気は晴れましょう。千寿王《せんじゆおう》様もそちらへ移られます」

師直は、尊氏の気の塞ぎには馴れていた。放っておく方がいい、と知っている。そのうちに、長雨が晴れたように元気が出ると思っているはずだ。

深く、眠れなくなった。浅い眠りの中で、よく夢を見た。北条高時が出てきた。父の貞氏《さだうじ》もしばしば現われた。

裁可を下さなければならないものが、多くあった。それができないほどではなかったが、終るとぐったりと疲れていた。それでも武士の沙汰は進んでいるようだった。直義は、明るい表情をしている。

十月十五日に、新邸に移った。

尊氏は、身ひとつで移ったようなものだった。これで、帰洛の勅命にそむくことになると、新しい居室に座って考えた。

千寿王がいた。妻の登子《とうし》もいた。居室に座っていると、華やいだ声がよく聞えた。

「血虫でございます」

京を探らせていた。嘆虫の弟になるが、兄よりもずっと忍びらしかった。女に化けたり、商人に化けたりするのだ。

「帝は、どうしておられる」

「尊氏は戻ってくる、と何度も言われているようです。勅命に従わぬはずはないと」

京で、尊氏が帰洛すると信じているのは、もしかすると帝ひとりかもしれない。尊氏が東下する時は、警戒して勅許も出さなかった。それでも、最後は自分の命に従うと信じている。そういう、測り難いところがあった。

「新田義貞が、これは叛乱であると断じたようです。千種、名和なども、それを支持しております」

「楠木は？」

「河内《かわち》に戻っていて、京には時々出てくるだけです。下賤の身ゆえ、朝廷でも楠木の言うことに耳を傾けようという者はおりません」

「だろうな」

大塔宮がいたら、どういうことになっただろう、と尊氏は考えた。大塔宮と楠木正成には、どこか通じ合うところがあった、と尊氏は思っている。楠木正成も、やはり叛乱だと断じているのだろうか。

帝は、帝であっていい。しかし、武士をまとめるには、どうしても幕府がいる。それを、なぜ帝はわかろうとしないのか。

「討伐の軍について、新田義貞はひそかに準備しているようでもあります」

「討伐とは、このわしを討とうということか？」

「はい」

「朝敵として、わしは軍勢をむけられるということだな」

躰の中で、束の間熱いものが駈け回った。しかし、それはすぐに冷めた。

「もうよい、去《い》ね」

「これを」

血虫は、懐から書きつけを出して床に置き、平伏して出ていった。

新田義貞に従おうとしている、武将たちの名が書き連らねてある。一瞥しただけで、尊氏はそれを放り出した。


佐々木道誉が、新邸の祝に姿を現わしたのは、その二日後だった。赤と黒の直垂で、献上品を山のように積みあげて、客殿で待っていた。尊氏は誰とも会いたくなかったが、佐々木に会わないわけにはいくまい、と直義に強く言われたのである。

　久しぶりに道誉の顔を見て、尊氏は気分がいくらか変るのを感じた。

「鎌倉に入った時はまだ暑かったのに、もう涼しいどころか、朝晩は肌寒いほどですな」

　道誉は、尊氏の不機嫌を気にしているようではなかった。恩賞の礼と、新邸の祝を長々と述べている。側の者のほかに、直義や師直も控えていた。

「挨拶は、それぐらいでよい。晴れたいい日だ。庭でも歩かぬか、道誉」

「それはいい。このところ、それがしは笛に明け暮れておりましてな。拙いが、庭でお聴かせいたそう。この道誉の笛では、御迷惑でござるかな？」

「笛か。それはいい。ひとりだけで聴きたい」

　側の者も制して、尊氏は庭へ出た。

　道誉がひとりで付いてくると、石に腰を降ろして笛を吹きはじめた。

　尊氏は空を仰いだ。京と同じ空だろう、となんとなく思った。心は索漠としている。笛の音が、そこにしみこんできた。心の底に眠っていたなにかを、理不尽な力が揺さぶり、尊氏は思わず涙ぐみそうになった。

　気づくと、笛は熄んでいた。

「朝敵になりましたな」

　道誉が言った。

「しかしよかった。大塔宮が総大将で、その下に新田と楠木がいる。そういう軍勢を考えると、闘う気は起きませぬ。帝は、朝敵を討つための、恰好の総大将を失われている」

道誉の言う通りだった。討伐軍が送られてくるとしても、総大将は新田義貞である。武士と武士の争いと、誰もが見るだろう。直義は、義貞討伐のため、諸国の武士を集めはじめている。尊氏も、義貞追討の上奏を、使者に持たせた。敵が新田義貞であるかぎり、本気で朝敵だと思う者は誰もいないだろう。大塔宮を鎌倉へ送って死なせたのは、間違いではなかったのだ。

「行ってきたか？」

「笛を、墓石の前で」

大塔宮は、二階堂に葬られていた。直義か師直が気を遣い、墓も建てたはずだ。行ってきたかと訊いただけで、道誉はすぐにその意味を悟った。

「俺は、行く気がせぬ」

「気がむかれた時に、それがしがお供いたしましょう」

「ひどい男だと思うか、道誉？」

「相容れぬものがあった。そう思い定められるしかありますまい」

「気が塞ぐ」

「そのようですな。御舎弟もそこを気にされております」

「時が時だけにな」

「尊氏殿は、どうも帝を憎みきれぬようですな。むしろ大塔宮の方が、帝を憎んで死んでいかれたでしょう」

「帝は、俺を嫌っておられる」

「帝は、この道誉のような男が好みでしてな」

「おまえを？」

「つまり、ばさら者を。新田義貞は、従順ではあっても、ばさらのふうはどこにもない。好きで使っておられるわけではありますまい。尊氏殿の方が、ばさらのふうをお持ちだ」

「義貞よりも俺を、帝は好いておられると言っているのか？」

「それでも、闘わねばならん。頂上に立つ者の宿運ですかな」

道誉が笑い、尊氏もつられて笑った。

「しかし、ばさらとはなんだ、道誉。そういう直垂を着て、人を威しながら歩くことか？」

「なんの。ただ毀《こわ》したいと思う男のことを、ばさら者と呼びます。帝は、すでにあったものを毀そうとされ、尊氏殿もまた同じだ」

「迷惑な男のことだな。しかし俺は、ばさらと呼ばれたことはない。ばさら者で通っているおまえは、なにを毀したい？」

「自《おの》が生を。これまでに生きてきた歳月を」

言って、道誉が高笑いをした。つられて尊氏も笑った。久しぶりに笑った、という気がした。

将軍邸の跡だっただけあって、庭の木は見事だった。笑い声で飛ばされたように、枝に残っていた枯葉が落ちた。

「ひとつだけ、尊氏殿に申しあげておくことがあった。わが一門に、塩冶判官高貞《えんやはんがんたかさだ》という者がおります」

出雲守護の佐々木高貞だった。京では、何度か顔を合わせている。

「討伐の軍勢が組織された時、高貞はそれに加わります。新田義貞のもとで、尊氏殿を攻めるというわけで」

道誉がなにを言おうとしているのか、尊氏にはよくわからなかった。

「高貞が新田軍の中にいる。それを、憶えておいていただきたい」

なぜ、と訊くのは憚《はばか》られるような眼を、道誉はしていた。尊氏は、かすかに頷いてみせただけだ。

道誉が帰ると、尊氏はまた居室に引き籠った。横になり、側の者二人に躰を揉ませた。揉み方を見て、伽《とぎ》を命ずることもあるが、このところそれも減っていた。

尊氏追討の軍勢が京を発った、という知らせが入った。

直義が、すぐに軍議を開くように進言してくる。

討伐軍は六万というから、大変な大軍だった。総大将は、新田義貞である。これが大塔宮を総大将に戴き、義貞と正成が下についているのであれば、道誉が言った通り闘う気など起きはしなかっただろう。

「一日待て」

直義にはそう言い、尊氏は側の者を三名連れただけで、浄光明寺に入った。そこで、自分を奮い立たせるつもりだった。

一日が経つと、尊氏はまた塞ぎの虫に襲われた。帝の軍勢と闘おう、という気がまったく起きてこないのだ。

自分は弱過ぎるのかもしれない、と考え続けた。武士をまとめていくには、直義のような力量が必要なのであり、自分にはふさわしいことではないのかもしれない。

二日目には、直義が自ら出陣を願いに来て、本堂を動こうとしなかった。

「矢作《やはぎ》川を、とりあえず防衛線と決め、高師泰《もろやす》を送りました。師泰が破られる前に、兄上に出陣していただけなければ、兵どもの士気にも響きます」

直義は、必死の面持ちだった。

三日目になって、尊氏は脇差で髷《まげ》を切った。それを、直義に差し出す。

「俺は出家するぞ、直義。あとの指揮は、おまえが執れ」

「なにを、たわけたことを」

「本気だ。もう、俺に構うな」

自分が出ていかなくても、義貞を追い返せるかもしれないという気になっていた。足利一門には、優れた武将はいくらでもいる。

「縛りあげてでも、戦場にお連れしますぞ、兄上。なんのために鎌倉へ来たのか、考えてくだされい」

直義は殺気立っていた。

義貞を迎え撃とうという気が、さらに薄くなっていくのを尊氏は感じるばかりだった。

4

直義は、激高していた。

寺に入ったきり、尊氏は出てこようとしない。道誉は、戦備えの三千の軍勢を待機させた。軍議が、何日も続いた。

三河矢作川の防衛線で、高師泰が討伐軍とぶつかったという注進が入った。破られて、追撃を受けているという注進も、追うようにして入ってきた。

尊氏、直義兄弟の官位が、すべて剥奪されたという知らせも入った。

「もう、完全に賊軍だわな」

高師直が、吐き捨てるように言った。それでも、直義の軍勢督促状が効いていて、西国各地で有力な武将が朝廷に叛旗を翻しはじめている。

道誉は、尊氏という男のことを考えていた。ほんとうは、女々しいのかもしれない。最後の最後になって、帝に反抗できずにいるのだ。塞ぎの虫と直義は言うが、帝に反抗しなければならないという思いが、尊氏を塞ぎこませているのかもしれなかった。

六波羅探題を倒してからの尊氏は、実に周到な手配りをしてきた。諸国の武士には恩を売り、大塔宮の力を少しずつ削いで、ついには抹殺した。いずれは朝廷と対峙することになるという頭があり、朝廷の総大将に新田義貞を起用するしかない状態にした。これによって、足利と朝廷の対立は、足利と新田の対立、つまり武士同士の対立にすり替えられているのだ。

周到すぎる男が、最後に塞ぎの虫に襲われている。周到さは、尊氏の小心の証と言ってもよかった。それでも尊氏は、小心なだけの男でもない。相模川で二万の敵を七千で蹴散らした戦ぶりなど、並の武将にできることではなかった。

小心であり、大胆でもある。周到をきわめながら、最後にはすべてを放り出そうともしている。摑みどころのない、茫洋とした大きさも持っている。

自分とは、まるで異質の男なのだ、と道誉は思った。同じことを、尊氏も感じているかもしれない。

「足利一門の総師が、寺で不貞寝《ふてね》を決めこんでいるのは、歯嚙みしたい思いだ。いくらくやしがっても、いまはどうにもならぬ。わしが軍勢を率いて、新田義貞を討つ」

ついに、直義がそう言った。軍議で異を唱える者はいなかった。兵数では、こちらの方が多い。しかしあまりに鎌倉に肉薄されると、寝返る者が出るに違いなかった。

「高師泰は、防戦しながらこちらへむかっている。鎌倉からは、八万の兵を出す。師泰と合わせて、十万にはなろう」

鎌倉の兵を、すべて当てるべきだと道誉は思ったが、なにも言わなかった。これは、足利の戦なのだ。

八万の兵に、逃げてくる二万を合わせて十万。そう考える直義の戦がどういうものか、およそ見当はついた。兄とは、だいぶ違う。頭の中で、戦をしようという男だろう。

鎌倉は、いっそう騒然としはじめた。

「佐々木殿、一度兄に会ってはいただけまいか？」

「なぜ？」

「説得に行ったのは、それがしや師直だけではない。ほとんどの者が行った。佐々木殿と兄は、なにか別な繋がりがあるように、それがしには見えるのですが」

「やめておこう」

「たって、お願いしたい」

「斬るかもしれませんぞ」

道誉が言うと、直義は言葉を詰まらせた。尊氏のために、近江から兵を率いてきた。それが決戦の前に寺から出てこないのだ。斬るに値すると道誉が考えても、直義に文句が言えるわけがなかった。

「とにかく、ここは御舎弟の力で勝つしかないのですよ。勝って戻ってから、引っ張り出してもよい」

「わかっているが」

直義は、自分が戦下手なのを知っているのかもしれない。しかし、ここは総大将は直義しか考えられないのだ。

三隊に分れて、鎌倉を進発した。

なにか、切迫した行軍だった。勢いというものがない。道誉は、自分の手兵をたえず叱《しっ》咤《た》しながら進んだ。追われてきた、高師泰の兵が加わりはじめると、行軍の空気はいっそう重苦しいものになった。

十二月五日早朝、駿河手越《てごし》河原で先鋒が討伐軍とぶつかった。道誉は第二陣にいて、すぐに戦闘に巻きこまれた。

数万と数万のぶつかり合いである。手兵の三千を小さくまとめていたが、何度も槌で打たれるような衝撃があった。新田義貞の軍勢は、真直ぐに突っこんでくる。退がることを知らない。道誉の三千も、徐々に押されはじめた。

陽が高くなった。押してくる敵兵の、血を浴びた顔まではっきり見えた。直義は、波状的に騎馬隊を突っこませているが、新田軍は動かなかった。二刻で、一里ほど押された。

「貞満様、討死」

兵が知らせにきた。道誉の全身に、憤怒が満ち溢れてきた。弟を死なせた。思ったのは、それだけだった。肉親の討死には、出会ったことがない。

「敵の先鋒の一団を、叩き潰す」

その一団が、強固に見えた。

「お待ちください、殿」

　羽山忠信が遮ろうとする。

「弟を討たれて、退がれと言うか、忠信。ここは、佐々木の意地を見せるところぞ」

「しかし」

「忠信、男の死に場所ぞ。そう思え」

　憤怒はまだ躰を駈け回っていたが、冷静さは失っていなかった。道誉は、太刀を頭上にあげた。

「佐々木道誉、ばさら者の戦を見せてくれるぞ。続け」

　駈けた。羽山忠信が、ぴったりと付いてきた。新田軍の先頭に突っこんでいく。斬り開いた。馬を押しこむようにして、縦横に太刀を振《ふる》った。忠信も、騎馬武者の躰を頭上に差しあげ、投げ飛ばしている。三百騎ほどが続いていた。徒も駈け寄っている。新田軍の動きが、束の間とまり、徐々に後退しはじめた。二カ所、三カ所と、道誉は手傷を負いはじめた。

「押せっ、退《ひ》くな」

　忠信の怒声が響いている。それに呼応するように、新田軍の中でも怒声があがった。新田義貞。退がりはじめた兵を叱咤しながら、前へ出ようとしている。

「殿、こちらへ」

「なにをする、忠信」

忠信が、道誉の馬の轡《くつわ》に手をのばしていた。

「味方が、退いております。このままでは、敵中に取り残されます」

「言うな」

しかし、新田軍の押してくる力がいきなり強くなり、道誉はそのまま押された。戦場の端まで、駈けた。足利軍が、追い撃ちに討たれている。千余りの手兵を、道誉は素速くまとめた。

「一ツ引両の新田の旗を拾え。わが旗と並べて立てよ」

「それでは」

「降参だ。とにかく、散った兵をここに集める。それを、まずやれ」

忠信が、兵五人を前へ出した。佐々木の旗。斜めにし、新田の旗を真中に高く掲げた。

道誉は馬を降り、草の上にしゃがみこんだ。六つか七つは、刀傷を受けていた。忠信が駈け寄ってきて傷を調べ、深いものには血止めの布をきつく巻いた。

はずみのついた新田軍の攻撃はすざまじく、直義の騎馬隊も、ぶつかっては散っていく。岩に打ち寄せる波のように見えた。

「降人《こうにん》か？」

新田軍の殿の武将だった。

道誉は、草の上に両手をついた。

「殿軍の前を行け。できれば、足利の軍に打ちかかれ。功名があれば、後の沙汰が違ってくるぞ」

「心得ました」

道誉は、手兵を動かしはじめた。二千数百は戻ってきている。ほかにも、降参人は多いようだった。新田軍は、かなりふくれあがっている。

敵に混じっての行軍だった。

負けか、と道誉は思った。軍勢の勢いが違う。新田軍は、このまま鎌倉まで押しまくって行けそうだった。そうなったら、尊氏という男に運がなかった、ということになる。寺で不貞寝をして、自分の運を摑めなかったということだ。

高橋で宿陣し、翌日三島まで進んだ。

滞陣する気配だ。箱根を越えるところまで来て、解《げ》せなかった。

「東山道を、搦手の軍勢が進んでおります。それと足並を揃えて、箱根を越えるつもりでしょう。待てば、参集してくる兵ももっと増える、と読んでいるようです」

雑兵姿の蜂助だった。

愚か、と言うべきだった。いや、尊氏にまだ運が残っていた、と言った方がいいのか。

新田軍の勢いは、三島で止まった。

「直義様は、水呑峠《みずのみとうげ》でなんとか食い止めようと、いま陣を組んでおられます」

「わかった。とりあえず、わしは降参人でいる。陣の中を勝手に歩き回ることはできん。高貞がどこだか調べてくれ」

「わかっております。脇屋義助《わきやよしすけ》の麾下で、一隊を組んでおられます。およそ二千」

「そうか。では見張り続けよ」

夜になると、兵にも酒などが出ているようだった。

翌朝、五十騎ほどの供回りを連れた武将が、降人の溜《たま》りへやってきた。

「佐々木の旗だな」

脇屋義助だった。道誉は、両手を草の上についた。

「佐々木道誉か。この戦、われらの勝ちだ。京で沙汰があろうが、それまでに足利軍の首をひとつでも多く取れ。功名をなせば、あるいは許されるかもしれん」

「はっ」

降参人は、ほかにも多かった。わざわざ、道誉の顔を見に来たようだった。道誉は両手をつき、顔を伏せたままだった。

「本家の氏頼様は鎌倉に残してきました。それが心配です」

脇屋義助が笑い声をあげて去ると、忠信が小声で言った。氏頼には、吉田厳覚をつけてある。秀綱は生きているが、脚に傷を負っていた。弟の貞満は、死んだ。

「傷が痛むか、秀綱？」

「父上こそ」

「痛いのう。斬られるとは、痛いものだ」

降人の溜りには、兵糧も配られてこない。全員が持っていたものを一度集め、公平に分けた。

5

全軍が動きはじめたのは、十二月九日だった。

足利尊氏が出てきた、という噂が流れていた。間違いないだろう、と道誉は思った。軍勢は二つになり、ひとつは直義が陣を組んでいるという、水呑峠へむかった。新田義貞の指揮である。道誉は、脇屋義助の軍勢に従った。降参人も含めて、およそ五万で、金時山の北を迂回する道をとった。

「尊氏様、八千の軍勢でこちらへむかわれております。土岐頼遠《ときよりとお》様、赤松貞則《あかまつさだのり》様が従っておられ、竹下《たけのした》あたりで先鋒がぶつかるものと思われます」

雑兵姿の蜂助が言った。新田軍も忍びを放って、尊氏の動きを摑んだのだろう。東山道を下ってきているという搦手の軍勢は、まだ到着していないのだ。

大軍で山道にかかったので、軍勢の動きがのろくなった。大将の脇屋義助も、ゆったりと進んでいるようだ。

陽が暮れ、宿陣し、翌早朝に進発した。

竹下に近づいた時、物見の動きが慌《あわただ》しくなった。

「足利尊氏だ。たかが八千。五万の軍勢に挑むとは笑止。ひと揉みにいたすぞ」

脇屋義助の声が響いた。

竹下の丘陵で、地から湧いたように騎馬隊が現われるのが見えた。尊氏である。旗が、なにかを誇るように翻っていた。

後続の徒を待っているのか、騎馬隊は動きを止めた。

脇屋義助は、受けるのではなく、攻めるつもりのようだった。前衛に騎馬を集めている。それが、新田の戦というものなのだろう。

道誉は、遠い尊氏の姿を見つめていた。はっきりとここまで感じられる気が、満ちていた。それは騎馬隊にも伝播し、燃えあがるひとつのかたまりが、丘陵の上にいるようにさえ見えた。

いい姿ではないか、と道誉は思った。若宮大路の新邸を訪ねた時、尊氏の眼はほとんど死んでいるようにさえ見えた。浄光明寺で不貞寝をしていた時の尊氏も、多分人が感じられるほどの気を発してはいなかったのだろう。

わずか数日で、別人のようになっている。これも尊氏の不思議さだった。

騎馬隊は、まだ動こうとしない。

戦場になだらかな丘陵を選んだのが、正しいのかどうか道誉には判断できなかった。馬は駈け回れるが、兵力の差も出る。もう少し新田軍を進ませれば、足柄《あしがら》峠で迎え撃てたはずだ。そこは狭い。大軍と闘うにはうってつけだろうが、勝負が決するまでに、何日もかかる。

騎馬隊が、動きはじめた。新田軍の騎馬隊も動いた。騎馬だけなら、双方が七、八百だった。徒は新田軍が十倍近い。

土煙があがった。騎馬がぶつかりはじめている。尊氏の騎馬隊は二つに分かれ、小さくかたまって駈け回っている。騎馬同士を、まともにぶつからせる気はないようだ。ひとしきり駈け回ると、尊氏の騎馬隊は二つの小さなかたまりで、追う新田軍の騎馬隊は丘陵全体に散っていた。

徒が姿を見せた時、尊氏の騎馬隊は小さな二つのかたまりになって、脇屋義助の本陣に突っこんできた。新田の騎馬隊は、かたまって追えるほどまとまっていない。徒にも阻まれはじめている。鮮やかすぎるほどの手並みに、道誉はしばし見とれていた。

徒を断ち割るように、騎馬隊が突っこんできた。尊氏が先頭に立っている方が、脇屋義助の本陣に肉薄してきている。戦場にいる誰もが、尊氏の姿をはっきり見ていた。圧倒されていたと言ってもいい。

「いまだ」

道誉は叫んだ。馬は、取りあげられている。太刀を振りかざして走った。新田の本隊を、背後から襲うかたちになった。その本隊の中で、もうひとつ混乱が起きた。佐々木高貞が寝返ったはずだ。

内と外から不意を衝かれたかたちになり、新田の本隊は柱でも抜かれたように総崩れになった。脇屋義助も敗走している。

「道誉に馬を」

尊氏の声だった。すぐに馬が曳いてこられた。

次第に騎馬隊が少しずつ集まり、次第に
「手負うたか？」

「尊氏殿のせいだ。眼を醒すのが遅すぎる」

「済まぬ。済まぬついでに、もうひと駈けするぞ」

尊氏は、眩しいほどだった。尊氏が駈けはじめると、騎馬隊が少しずつ集まり、次第に隊伍が整えられていった。兵が、生き生きとしている。これが、大将というものだった。

直義に率いられて駿河まで行軍した時の、重苦しさはどこにもなかった。

三国山を回った。直義の本隊と、新田義貞がぶつかり合っていた。直義が押されているのは、誰の眼にも明らかだった。

「騎馬隊で、搦手を衝く。行け」

尊氏が叫ぶと、騎馬隊が一斉に駈けはじめた。前に進む時は強い新田軍も、横からの攻撃には脆かった。徒が浮足立つと、騎馬隊も乱れ、呆気なく敗走をはじめた。

「師直、兵をまとめて、追撃せよ。いいか、逃げる敵に、とどまる余裕を与えてはならん。力のかぎり追え」

「承知」

高師直が、叫び声をあげ、馬腹を蹴った。これこそ、戦の呼吸だった。勝った勢いを、決して逃そうとはしない。

「吉良満義《きらみつよし》、人をやって、遠江、三河に兵糧を用意させよ。敵を追い越しても構わん」

直義が、憔悴した顔で駈けてきた。一瞥して笑顔を送り、尊氏は再び武将たちの方へ眼をやった。

「桃井義盛《もものいよしもり》、上杉重能《うえすぎしげよし》、土岐頼遠。師直の後詰につけ。いいか、敵はまず伊豆国府で踏みとどまろうとするだろう。それをさせてはならん。犠牲を払っても、追い立てろ」

名を呼ばれた武将たちが、声をあげ、一斉に駈けはじめた。

尊氏は、ようやく馬を降りた。床几が、いくつか用意された。腰を降ろした道誉のそばに立ち、忠信が傷を縛り直した。肩の下から胸にかけての傷が、かなり深い。

「細川顕氏《ほそかわあきうじ》、仁木頼章《にきよりあきら》、兵をまとめ、進発の準備を整えよ。今川氏兼《いまがわうじかね》は降人をまとめてくれ。佐竹義敦《さたけよしあつ》、手負いの者を集めて手当てし、鎌倉へ帰せ」

武将たちも、まるで別人のようだった。

「道誉に」

側の者が差し出した水が、道誉に回されてきた。のどは渇いていた。

「道誉も、鎌倉へ帰った方がよさそうだな」

「尊氏殿は？」

「京へ。この機を逃さず、京までひた駈ける。帰洛せよという勅命に、従おうではないか」

「ならば、それがしも」

「無理はするな」

「これなるは、佐々木塩冶判官高貞」

「出雲守か。当てにはしていた。道誉から教えられていたからな。実にいい機を摑んでくれた。あの前でも後でも、敵はあれほど早く崩れはしなかっただろう。手間がかかれば、義貞もこちらへの備えをしたはずだ」

佐々木高貞が、頭を下げた。

「それにしても、道誉は怕《こわ》いな」

「尊氏殿ほどではありますまい。味方に戦をさせて、寺で寝ている図々しさは、それがしにはありませんからな」

尊氏が、声をあげて笑った。

一刻もかからず、すべての準備が整った。

すぐに進発だった。鎌倉へ帰ろうという素ぶりさえ見せなかった。浄光明寺を出た時から、京まで行くと決めていたのか。

伊豆国府で、敵は踏みとどまれなかったようだった。富士川を渡ったところで、本隊は宿陣だった。高師直は、駿河国府の先まで進んでいるらしい。

道誉は、ようやく具足を取り、傷の手当てをした。忠信が、しっかりと晒《さらし》を巻いていく。貞満が死んだのだ、と改めて思った。これが戦だった。手越河原では、二百ほどが討死している。

翌日からの行軍は、さらに速くなった。軍勢は、十万以上にふくれあがっている。ほとんど、戦らしい戦はないようだった。何日経っても、行軍が滞る気配はない。

近江に入ったのは、正月だった。

領地にとどまるように、という尊氏からの命令が届いた。

傷が膿みはじめ、道誉は戦に耐えられそうもなかった。

柏原の館に着くと、すぐに床に就いた。膿んでいるのは、一番深い傷だけだった。ほかの傷は、ほぼ塞がっている。

深いところが膿んでいるらしく、厄介な感じがした。薬草はずっと塗り続けていたが、それも届かないという気がした。

「激しい戦だったようですね」

先に帰していた姫橋が、様子を見にやってきた。

京では、もう小競合《こぜりあ》いは起きているようだ。守るのに難しい地形だが、帝は踏みとどまっているという。

「ここで殿に死なれると、俺が困ります。また悪党に戻るしかなくなる」

「悪党でいた方が、気楽ではないか」

「武士として戦をすることが、面白くなりました。悪党として、年貢米などを襲うのは、男の仕事ではないと思います」

「姫橋も、変ったものだ」

躰が熱っぽい。正直なところ、喋っているのも億劫だった。それを察したのか、姫橋は心配そうな表情ですぐに帰った。

「領内の備えは、よいな？」

「山に、兵糧所をいくつか造ります。一年なら、山で暮せるようにしようと思います」

「武器倉の武器も、山に移しておけ」

吉田厳覚が頭を下げた。

近江は、京の争乱では、たえず大軍が通る。そのたびに、相手をしてはいられなかった。場合によっては山に入った方がいい。そのための館も、造ってあった。本家の氏頼にも、そうさせるつもりだった。京の争乱が、たやすく収束するとは、道誉には思えなかったのだ。

正月三日が過ぎても、傷が癒える気配はなかった。むしろ、腫れなどはひどくなっている。そして、熱がいつまでも引かなかった。うとうとと眠る時が多くなった。

羽山忠信は、ずっとそばにいた。道誉に傷を負わせたのは、自分の責任だと思っている。ほかに、由江《ゆえ》という女が付いていた。余呉《よご》の村で道誉が見つけ、柏原の館に入れた。去年のはじめのことで、躰に馴染んでほぼ一年になる。十八だった。

由江が、余呉の村で用いたという薬草を煎じて飲ませてくれたが、五日ごろからはそれものどを通らなくなった。胸が、乳の上のところまで大きく腫れ、赤くなっている。触れても、なにも感じなかった。ほかのところの傷は、もうきれいになっている。

「一忠殿が見えておられます」

忠信が言った。眠ってばかりいるが、眼醒めている時の意識は、はっきりしていた。

「通せ」

一忠とは、しばらく会っていなかった。道誉が鎌倉にいたころ、京へ戻ってきたものらしい。いつ見ても年齢不詳の男だが、自分と同じぐらいだろう、と道誉は思っていた。道誉は、四十一になった。

「これは、御機嫌うるわしくとは参らないようでございますな、佐々木様」

つるりとした顔の一忠が、道誉を覗きこんで言った。女のような肌をしているが、六尺の大男である。

「どこを回っていた？」

「九州まで行っておりました。久しぶりに京に戻ったと思ったら、戦騒ぎで、とても舞などという状態ではありませんでした」

一忠は、さりげない仕草で、傷に当てた晒を取り、覗きこんだ。指も、女のもののように細くしなやかである。

「しばらく、佐々木様の館にでも身を寄せようと思って参りましたら、戦で手傷を負われたと羽山様に言われました。旅に明け暮れる私には、多少の心得もございます」

一忠の指が、腫れたところを押しているようだったが、痛みはほとんどなかった。

「九州では、なにを見た？」

「肥後菊池《ひごきくち》に舞をよくなす者がおりましてな。ものまねなどもいたします。狐に憑かれた男のものまねなど、なかなかでございました。私が、田楽能を見せてやると、熱心に習いたがり、半年の逗留になったのです」

「弟子にして、連れてきたのではないのか？」

「あの者は、九州にいて、九州の芸風を高めればよいと思います。松囃能《まつばやしのう》と二人で名付けました」

押されてかすかな痛みを感じるところが、一カ所あった。一忠は、しばらくそこに指を当て続けていた。

「これは、やがて死にまするなあ、佐々木様」

「一忠殿」

たしなめるような忠信の声が聞えた。

「気休めを言っても、はじまりますまい。深傷《ふかで》です。その傷が、毒を抱いたまま塞がってしまった。毒は躰の中で増え続け、やがて胸から腹に拡がり、佐々木様を殺します」

「毒に殺されるのか、わしは」

「苦しみもなく、夢の中で死ねますぞ。私の手当てを受けられれば、痛みに苦しみ、夢を見ることもなく」

「生きて戻れるのかの？」

「やってみなければ、わかりません」

一忠の眼が、束の間強い光を放った。生死の境で、しばらく漂うのも悪くない、という気がした。しかしまだ、生ききってもいない。

「一忠、わしが死ねば、おまえが苦しむことになるかの？」

「私の舞に、なにか与えましょう。人の生死を越えた、幽玄とでも言うべきものを」

かされますな」

「ならば、任せよう」

「丸一日、仕度をせねばなりません」

「その間は、夢の中か」

「夢の中に入られるとしても、まだ先です。食べものはのどを通らなくても、水だけは欠かされますな」

頭を下げ、一忠が出ていった。

すぐに眠ったようだった。

何度か由江が口を寄せてきて、水を道誉の口に流しこんだようだった。夢かもしれなかった。由江の唇のやわらかさだけが、いつまでも残っていた。

気づくと、一忠がそばに座っていた。

「二日は、苦しまれます」

一忠が出したのは、細長い鍼《はり》のようなものだった。それを、胸の一カ所に刺し、少しずつ奥に入れていった。指で触れて痛みを感じたところだ。二寸近く、鍼は入ったように見えたが、痛みはなかった。三寸ほどはまだ外にある。その鍼を包むように、一忠は緑色の冷たいものを置きはじめた。泥のようにも、草を練ったもののようにも思えた。腫れているところは、すべてそれで覆われ、鍼の頭が出ているのが見えた。その鍼の頭に、一忠は親指の頭ほどのもぐさを載せ、炭で火をつけた。

　道誉は眠りはじめ、灼けるような熱さを感じて眼醒めた。一忠は、もぐさをたえず取り替えていたようだ。しかし熱さは、なぜか臍《へそ》の下の方にあるのだった。

「声をあげられても構いません。しかし、躰は動かしてはなりません。羽山様に押さえていただきたいと思うのですが」

「いらぬ。声もあげぬし、躰も動かすまい」

「わかりました」

　それから一刻ほど、熱は躰の方々で感じては消えた。胸が押し潰されるような感じになってきたのは、それから一刻も経ってからだ。耐え難いほどの重さだった。一忠は、もぐさが燃え尽きると、新しいものに替えている。

　由江が額の汗を拭《ぬぐ》い、時々口を寄せて水を流しこんできた。

　時の移るのさえ、わからなくなった。これが死なのではないか。ふと、そうも思った。笛を吹きたいと思った。笛を吹きながら死んでいく。それは悪くない。

　なにかが、躰の中に放たれた。洩れそうになる呻きを、道誉は呑みこんだ。胸の上に載っているものを、払いのけたい。ほとんど抑え難いほどの欲求だった。

　何度も、頭から血がひいた。そのたびに、全身に汗が噴き出す。額から足の先まで、由江が懸命に拭っていた。意識がなくなればいいと思ったが、逆に鋭くなっていくようだった。

「耐えてくださいませ、道誉様」

一忠が、道誉と呼んだ。それははじめてのことだった。

「もはや、一日は過ぎております」

そんなに時が経ったのか。まだ三刻ぐらいだとしか思えない。

胸の上の重さが、痛みに変ってきた。鈍いが、これでもかこれでもかというように、いつまでも続く。やはり、死んではいない。痛みは、死から遠いものだ。

心を澄ませた。泣こうが叫ぼうが、痛みは同じなのだ。なにも考えないようにした。それでも、考えた。近江のこと。帝のこと。尊氏という男のこと。笛を吹きたい。しかし、吹けるだろうか。

一忠が、膝立ちになっていた。胸に載せたものが、剝がすようにして取られた。緑色だったそれは、土のように褐色になっていた。鍼が抜かれた。ぷつっと黒いものが現われ、次第に大きくなっていった。古い血のようだ。一忠が、布を当てるようにして拭き取っている。痛みは続いていた。

一忠の指が、胸の腫れに触れていた。押している。それは一忠を見ていてわかるだけだ。

黒い血の代りに、蒼っぽいものが出てきた。俺の躰の中の虫。道誉はそう思った。長い。青黄色い、大きな蚯蚓《みみず》のようで、道誉の胸の上でとぐろを巻きはじめた。気合のような一忠の呼吸が、耳を打った。一忠は、全身汗にまみれているようだ。

「由江殿、これを拭い取ってくだされい」

由江がいくら拭っても、青黄色い蚯蚓は出続けていた。どんな虫を、俺は躰の中に飼っていたのだ。

なにかが抜けていく。そう思った。それを放したくないようであり、早く出ていってくれとも思った。不意に、胸の中に風が吹きこんできたような気がした。

一忠が、床に腰を落とした。喘いでいる。

「出きった。出てしまいましたぞ、道誉様」

いままでの重さや痛みが、消えてしまっていることに道誉は気づいた。息を吸い、吐いた。気が遠くなっていく。

眼醒めた時、外は晴れていた。

胸のところの肉が、しぼんだようになって、皺が寄っていた。青黄色い蚯蚓を、道誉は思い出した。出てきた穴は、周囲よりさらに凹み、まだ開いていた。実際に斬られた傷より、一寸ほど下にある。

「一忠は？」

「眠っておられます、泥のように」

まったく眠らずそばに居続けたのだろう、と道誉は思った。

「忠信。なにか変ったことは？」

「はい、足利軍が京を包囲し、搾りあげるように攻めております。今日か明日かには、入京なさいましょう。激戦だそうですが」

「何日だ」

「十日でございます」

頷き、道誉はまた眠った。

尊氏が入京したという知らせが入ったのは、十一日だった。道誉は、起きあがっていた。衰弱はしているが、気力は満ちていた。いやなものが、全部躰から出てしまった、という気がする。

「一忠殿が、眼醒められたら一緒に粥をと申されております」

「ここへ運べ」

忠信が、手を叩いた。由江が粥を運んでくる。一忠も来て、縁に並んで座った。いつ降ったのか、庭には雪が積もっていた。

「生き延びた。おまえのおかげだ」

「道誉様の運ですよ」

熱い粥を啜った。一忠も、それ以上なにも言わない。

蜂助が現われたのは、その夜だった。

「まさか」

「間違いはございません」

陸奥守、北畠顕家が率いる数万の軍勢が、尾張を抜けて美濃《みの》に入りつつあるところだという。すぐ近くまで来ていることになる。

「陸奥には、斯波家長《しばいえなが》が行っている」

「引きつけきれなかったのでしょう」

足利一門で、随一と言われている武将だった。それほど、尊氏は陸奥を警戒していた。

「陸奥から、駈けに駈け続けてきた、鬼神のごとき軍勢だという話です。鎌倉も踏み潰してきたのでしょうが、注進の者さえ軍勢には追いついていないのです」

「鬼神か」

すぐに近江へ入ってくる。佐々木一門で、受けきれる敵ではなかった。忠信を、すぐに尊氏のもとに走らせた。本家の氏頼のもとには、吉田厳覚をやった。

翌日には、北畠軍は愛知川《えち》に到着し、下坂本にむかって渡渉を開始していた。驚くべき速さだった。帝は、京を避けて坂本にいる。そして尊氏は、いまひとつ坂本を攻めきれていない。いたずらに全国から軍勢を集めているだけだった。すでに二十万を超えているという。

柏原の館から出ることもなく、道誉は京の戦況を見つめていた。尊氏に、果断なところが欠けているように見える。やはり、賊軍という名が、どこかで尊氏を気後れさせているのか。

道誉は蜂助を呼び、一枚の紙片を託した。

持明院に錦旗《きんき》あり。

書いたのはそれだけだった。

躰は、回復してきた。傷も、きれいに塞がった。館には一忠がいて、退屈することもない。道誉が笛を吹き、一忠がうたう。一忠の唄には、生きることの悲しみが満ちていた。それなのに、聴いていて悲しい気分にはならない。それが、芸なのだ。犬王の唄は、芸ではなかった。

二十七日に、尊氏はついに京から丹波《たんば》へ退いた。北畠、新田軍の厳しい追撃を受け、丹波からも逃げた。そして、帝が京へ戻った。

一忠が、暇《いとま》を告げにきた。

「また、旅か？」

「いえ、京へ行こうと思います。激しい戦だったそうで、京の人々の気持は荒《すさ》んでいます。私の芸がいくらかは慰みになるかもしれませんから」

「芸というのも、いいものだな、一忠」

笑って、一忠が頭を下げた。

その夜、道誉は由江を寝所に呼んだ。女の肌に触れたい、という気持が強くあったわけではない。一忠が去った。淋しかっただけである。

6

すべての手配りは、してきたつもりだった。

京から西には、一門を配置して、討伐軍に備えさせた。全国の武士にも、足利につくように呼びかけた。

帝の政事が破綻したのは、武士の沙汰を誤ったからだ、と尊氏は思っていた。それに、無能な公家が輪をかけた。武士の中で不満が大きく、叛乱を起こしたりするのは、ほとんどが北条氏の与党として所領を没収された者たちだった。それで、元弘《げんこう》没収地返付令を出した。自分が幕府を開いたら、土地は返してやるということである。実際にどれほど実行できるかどうかは別として、いまは効果があるはずだ。

錦旗も、手に入れていた。

持明院統光厳院の院宣を手に入れろと言ったのは、赤松円心と佐々木道誉だった。

錦旗が二つ、とは考えてもいないことだった。天にひとりの帝なるがゆえに、錦旗なのだ。しかしいまは、皇統が二つあった。二人の帝がいたとしても、おかしくない状態なのだ。そしてそれは、武士が招いたことではなく、朝廷の中の争いから発したことだった。ばさら、という言葉を、尊氏は改めて嚙みしめていた。毀すことだ、と道誉は言った。習慣や前例とされていたことを、毀す。後醍醐帝は、まさにそうだ。幕府を毀す。その意味においては、自分もばさらだった。

しかし、本物のばさらは、帝のありようまで毀そうというのか。

「三度目の御教書《みぎょうしょ》を、九州の大名たちに送りました。兄上が院宣を手に入れてくださったので、官軍としての御教書が出せると、師直も喜んでおります」

そういうことは、直義にやらせておけば遺漏はなかった。

新田義貞討伐の院宣である。将軍となって領地を安堵しようという自分と、帝の意のままにしか動かない新田義貞のどちらを選ぶか、という問いかけでもある。

当然自分を選びそうなものだが、武士の中には、帝を第一と考えている者がかなりいることもわかった。楠木正成がそうだ。自分が将軍になれば、六カ国でも七カ国でも、日本の半分でも領地としてやるとまで言ったのに、動かなかった。

九州に落ちてきた。ここで負ければ、足利一門は終りだろう。やれることは、なんでもやっておくべきだった。

とにかく、ひどい負けだったのだ。

すべてが、北畠顕家だった。斯波家長ほどの者を陸奥に送っても、押さえきれなかった。しかも、なんという行軍の速さだったのだ。あとひと月あれば、迎撃の備えはできた。それが、気づいた時は背後に駈け寄ってきていたのだ。

それからは、負け続けている。

しかし尊氏は、塞ぎの虫に襲われてはいなかった。丹波から敗走する山中で、一度腹を切ろうとしたが、それはこのまま野伏りにでも倒されるよりはと思ったからだ。北条仲時の姿も、頭に浮かんだ。

少弐《しように》頼尚《よりひさ》の先導で九州の地を踏み、これからという時、有智山城《うちやまじょう》が陥ちたことを知った。頼尚の父貞経《さだつね》は、有智山城に多量の武器を蓄えて尊氏を待っていたが、切腹して果てた。

その知らせを宗像《むなかた》の陣営で受けても、意気が沮喪《そそう》することはなかった。どこまで負け続ければ終りがくるのかと、半分面白がって自分を見ていたぐらいだ。

「そろそろ、軍議を」

師直が呼びにきた。

軍議と言っても、少弐頼尚がいるだけだった。絵図が拡げられている。

「菊池武敏《たけとし》が動きはじめております」

「おぬしにとっては、父の弔《とむら》い合戦だな。わしが、必ず勝たせてやる」

「父のことは、父のことです。このところ、足利に加わろうという武士が減っていて、菊池とすぐにぶつかるのは、得策ではないような気がします」

「武士は、みんな本気で帝に忠誠を尽すつもりか？」

「ほとんどは、草の靡きでありましょう」

「負けがこんだからな」

言って、尊氏は声をあげて笑った。

天下を取る。たやすくできるわけがなかった。自分は、もっと苦しんで当然なのだ。

そういう心境になっている自分が、尊氏には新鮮だった。

頼尚が、菊池軍の動きを説明しはじめた。三万五千と、かなり正確な兵力も摑んでいた。

菊池一族は、九州で屈指の武門の家である。惣領の武重《たけしげ》とは、竹下で手合わせをしたばかりだった。脇屋義助より、よほどいい働きをしていた。留守居の武敏も、戦上手の武将なのだろう。

「博多へ入りたいところだが、敵もそう読むだろうな」

尊氏は、地図に見入った。宗像からどう進めば、どこで菊池軍と遭遇するか。

「頼尚、集められるだけ馬を集めよ」

「三百頭ですかな」

「それで兵力は？」

「およそ、千二百」

師直が天を仰いでいた。直義は腕を組んでいる。どこかに籠城した方がいいと、直義のことだから考えているのだろう。

「進発する」

「兄上」

「九州の武士が、いまわれらに眼を注いでいる。退《ひ》けぬぞ、直義。これは、天下を賭けた戦でもある。ひたむきに闘う姿を見せてこそ、武士たちの気持を動かせる」

「しかし、三万五千と千二百ですぞ」

「なにを恐れる。それぐらいの戦に勝ち抜けなくて、なんの天下だ」

気持が昂ぶっている。それは自覚していた。こういう気持になって、負けたことはないのだ。京では、北畠軍に不意を打たれたようなものだった。いや、北畠軍は気に満ちていた。兵ひとりひとりが、まるでけもののようだった。そのけものに出会って、なにかを見失った。いままた、難敵を前にして、見失ったものを取り戻したと思える。

「お供いたします。尊氏様」

「そうか、頼尚。この戦の意味がわかっているのは、そこもとだけのようだな」

「それがしも、わかっております」

師直が言う。尊氏は頷き、絵図の一点を指さした。多々良浜《たたらがはま》とあった。

「長く広く、平坦な砂浜です」

「南進し、敵を牽制しながら、この地で迎撃しよう」

それだけ言って、尊氏は腰をあげた。

千二百の兵に、馬が三百。頼尚が言った通りだった。

「敵は数を恃《たの》んでいる。京を攻めた時のわれらと同じだ」

そう言っても、直義の顔はまだ硬かった。

これぐらいの軍勢なら、手足のように扱える。尊氏は、自分にそう言い聞かせた。

「北風が強いな、頼尚」

「この時季の風は、熄みません」

馬を進めながら言葉を交わす時は、よほど大きな声を出さなければならなかった。

「緒戦です。それで帰趨を決める武士は多い、とそれがしは思います」

「わしもだ、頼尚。それに、九州の武士は長く棟梁を求めていたはずだ」

多々良浜に近づくと、頼尚が先導しはじめた。遮蔽物のほとんどない地形だった。北に、丘陵がある。ためらわず、尊氏はそこへ駈け登った。

半刻も待たず、菊池の大軍が姿を現わした。

「錦旗を掲げよ。そして源氏のわが旗を」

尊氏は、気持がさらに昂ぶっていくのを感じた。いくら昂ぶっても、自分を失いはしないとも思った。

追い風を受けている。思った通りだった。旗が、音をたてる。

「敵を引きつける。矢は、空へむかって射よ。敵の矢が届くほど近づいたら、伏せて射よ。それを忘れぬかぎり、敵の矢に倒されることはない」

海も荒れていた。波頭が、風で吹き飛ばされているのが見える。

菊池軍が、喚声をあげて突っこんできた。明らかに、数を恃んだ攻撃だった。直義も師直も頼尚も、弓を握りしめている。尊氏は片手をあげた。振り降ろす。矢の放たれる音が、一斉に聞えた。頭上から矢を浴びて、敵の動きが止まった。敵の矢は、まだ届かない。それでも、矢を射ながら押してこようとした。少しずつにじり寄ってくる。空へむかって矢を射ているかぎり、あまり狙えない。敵の矢も、届きはじめた。

「よし、狙って射よ」

矢筋が鋭くなった。先頭で近づいてきていた敵兵が、次々に倒れた。第二陣、第三陣が前へ出てくる。しかし、第一陣が耐えきれずに退がりはじめた。丘陵の下あたりで、混乱が起きた。

「乗馬」

叫んだ時、尊氏はもう馬に跨がっていた。

太刀を抜き放ち、馬腹を蹴った。丘陵を駈け降りていく。全員が続いた。舞いあがった砂が、敵の方へ吹き飛ばされていく。

第三陣までを騎馬隊で突っ切り、迂回してまた丘陵に駈けあがった。騎馬が戻り、徒も息を弾ませながら戻ってきた。混乱した敵の中を駈け抜けたのだ。損害はほとんど受けていない。敵の屍骸は、かなりの数だった。

ようやく態勢を立て直した敵が、騎馬隊を出してきた。命ずるより先に、馬を狙って全貝が矢を射はじめた。次々に、馬が倒れていく。

どれだけ倒しても、兵力の差は大きくは変らなかった。

「あれは?」

尊氏は頼尚を呼んで訊いた。右翼に、動きの悪い一団がいる。およそ三千というところだろう。

「上松浦党《かみまつらとう》です。もともと、菊池についているわけではありません。佐志披《さしひらく》という水師が率いております」

「腰抜けか?」

「いえ、なかなかの戦上手で、手兵も強者《つわもの》揃いですぞ」

賭ける気になった。圧倒的な兵力差は、いかんともし難い。どこかで、賭けてみるしかないのだ。本陣の一万ほどが進んできても、上松浦党はあまり進まなかった。

太刀を頭上にあげた。錦旗と源氏の旗がはためいている。

いま、負けるはずがない。そう思った瞬間、尊氏は太刀を振り降ろし、切先《きつさき》で敵の本陣を指した。突っこんでいく。砂煙があがった。ぶつかってきた騎馬をひとり、太刀で叩き落とす。

自分はまだ生きている、と尊氏は思った。あれだけ負け、あれだけ追いつめられたのに、九州へ来ることができた。神に守られている。運もある。死ぬはずはないのだ。二人目三人目を、叩き落とした。敵の本陣。動揺している。そう思い定めた。怕がっている。

それから先、尊氏は自分がなにをやっているのかさえ、わからなくなった。気づいた時、敵は潰走していた。全身に血を浴びていた。ひとりで、敵を崩したような気持になった。

「上松浦党が」

馬を寄せてきた頼尚が、喘ぎながら言った。

「こちらの味方をしてくれています」

寝返った。賭けは、はずれなかった。

「直義、師直。兵を集め、敵の殿軍を叩け。容赦はするな。しかし、降参する者は赦せ」

一千ほどが、まだ陣形をとどめている殿軍に突っこんでいった。敵はすぐに崩れた。降参する者は、かなりの数だった。

勝った。

はじめて、そう思った。風の中で、尊氏は雄叫びをあげた。

半刻ほど掃討を続けて、直義と師直が戻ってきた。それにも、二千ほどの降参人がついていた。

陣幕が張られた。錦旗の前の床几に、尊氏は腰を降ろした。

「直義、降参人は、こちらに寝返ったということにしてやれ。所領を安堵してやるのだ。これからの戦力になる」

「降参人が、一万三千です」

頼尚が、上ずった声で言った。

間違ってはいなかった。九州の武士は、去就を決めかねていたのだ。

「よくやった」

千二百の兵に、尊氏は言った。

「九州の地を踏んだ時から、源氏の旗に従ってくれた。それは忘れぬ。おまえたちが、勝った。錦旗も、それを見ていた」

千二百の兵の背後には、降参人の群れがあった。

「佐志披」

尊氏は声をあげた。大柄な男が前へ出てきた。

「なにゆえ、はじめは敵となった」

「それは」

「身の程知らずが。おまえが立ちむかおうとしたのは、錦旗であり、源氏の旗だ。おまえの眼は、どこに付いている。旗が見えなかったとでも言うか？」

佐志披は、陽焼けした顔を歪ませた。

「風が強かった。砂が眼に入って、なにも見えなかった。無理をして眼を開けると、錦旗が見えた。それで闘う場所を間違っていることに気づいた。そうだな？」

「はい」

「よし」

尊氏は、床几から腰をあげた。

「誰にでも、間違いはある。それを責めはせぬ。それが足利尊氏のやり方だ」

安心したのか、佐志披の顔が少しずつ元に戻ってきた。直義が、そばでまだ緊張していた。尊氏は、降参人の群れの方に眼をやった。しわぶきひとつ聞えなかった。波の音と風の音だけだ。

「武士には、領地という命がある。父祖の血がしみこんだ土地だ。おまえたちには、なにもやらん。なにもせぬ。おまえたちの領地を安堵するという以外はだ」

ほっとした空気が流れるのを、尊氏ははっきりと感じた。

「足利尊氏は、北条の幕府を倒した。わが旗のもとにいるかぎり、おまえたちの領地はこの尊氏が安堵する」

直義が、大きく息を吐いた。

「佐志披」

「はっ」

「身の程知らずは、嫌いではないぞ。この足利尊氏も、身の程知らずだからだ。わが馬の轡を取れ。九州平定の先導をいたせ」

眼が合った。笑いかけると、佐志披もぎこちなく白い歯を見せた。

「錦旗を前へ。これより、博多へむけて進発する」

鯨波《とき》があがった。

尊氏の昂ぶりは、まだ続いていた。

第三章　いかなる旗のもとに

1

三月の近江には、まだ雪が残っていた。

道誉は、羽山忠信ほか五名ほどの供回りで、愛知川のあたりまで来ていた。道誉がいるのは竹林の中で、眼下を軍勢が進んでいた。

北畠顕家の率いる、奥州軍である。

戦のすべては、神業としか思えぬ速さで、陸奥から尊氏を追ってきたこの軍勢が決したと言ってもいい。戦ぶりにも、すさまじいものがあった。その奥州軍が、いま陸奥へ帰ろうとしている。

尊氏を追い出してからの京は、祭りのような騒ぎだったという。闘いもせずに叡山《えいざん》に逃げこんでいた公家どもが、また戻って好き勝手をやりはじめたのだ。北畠顕家が、それにどう関ったかはわからない。戻っていく軍勢は、凱旋というには粛々としすぎていた。

楠木正成も、河内に戻っているという。京は、公家どもと、政事にはまったくうとい新田義貞などがいるだけだった。

「さすが、整然とした軍勢でございますな。これならば、どんな長駆をしたところで、乱れますまい」

忠信が、馬を寄せてきて言った。

竹林の中はしんとしている。眼下より一里ほど先には、琵琶湖が陽の光を照り返しているのが見えた。

九州に落ちた尊氏が、寡兵で菊池軍を破ったという知らせが入ったばかりだった。菊池軍は、十倍の軍勢で破られている。

「おかしな男だ」

道誉の呟きに忠信が顔をむけてきたが、それ以上は言わなかった。

京では、数十万の大軍を抱えながら、叡山の帝を攻めきれなかった。そこに奥州軍が到着し、尻尾を巻いた犬さながらに、尊氏は九州に逃げたのだ。その負け犬が、十倍の敵を打ち負かしている。

「あれが、陸奥守でございます」

忠信が指さした。五百ほどの兵に囲まれている。胸のすくような鮮やかな動きだった。

どれほどの精兵か、その動きを見ただけでわかる。

京を押さえ、陸奥には北畠顕家が帰る。こうなると、鎌倉に残った足利勢は動きがとれないだろう。かたちから見れば、九州の尊氏は孤立である。

天下を取るというのは、たやすいことではなかった。尊氏は、これから九州を平定しなければならない。朝廷が、すでに全国を掌握したような喜びに包まれているのも、いまの廷臣を見れば当たり前なのかもしれない。

尊氏が、九州へ落ちながら、山陽道にどういう手を打ってきたか、道誉はしっかりと見ていた。しかしそれも、九州を平定しないかぎり生きてこない。

あの男が、天下人の星を持っているかどうかは、これからわかるのだろう。

「もうよい。行くぞ、忠信」

道誉は馬首を巡らせた。

傷は、すでに回復していた。右の腕を頭より上に持ちあげるのが一時ままならなかったが、毎日、刀を振りあげる稽古をして、いまではもう思うままに動かせるようになっている。

兵は休ませていた。京から見ると、ほとんど逼塞《ひっそく》しているようにしか見えないだろう。

ただ、領内の商人を動かしていた。近江を通過して京に運ばれる物資は、かなりのものになるのだ。若狭《わかさ》に集まった海産物を、琵琶湖を通して京に入れる。これは、近江の商人がほとんど握っていると言ってよかった。

商売をやりやすい状態を作ってやれば、領内に商人が集まってくる。子飼の商人も、かなりの数になる。南側の、本家の領内の商人も、ほとんど道誉の息がかかっていた。

「絵図を持ってこい、厳覚」

館に戻ると、道誉はそう命じた。

吉田厳覚は、家中で最も商いの道に明るい。年貢の勘定なども、任せておいて間違いはない。

「山中の兵糧所のいくつかを潰せ」

「ほう、なにゆえでございます」

「近江はやがて戦場にならぬともかぎらん。よほどひそかな兵糧所でないかぎり、敵に奪われることもある。それなら、いま京に運んで売った方がよい。柏原城内に銭倉《ぜにぐら》を建て、そこを一杯にするのだ」

「山門や園城寺の領地にも、かなりの兵糧が蓄えられている気配ですが」

「それは放っておけ。日吉《ひえ》大社のものもだ。いまは、それでよい」

頭を下げ、厳覚は絵図を拡げた。領内の兵糧所が、二十数カ所書きこんである。目立つ十数カ所は、潰してしまった方がよさそうだ。厳覚が、帳面を開いた。どれほどの兵糧が蓄えられているか、そこに細かく記されている。

「京の米の値をよく見て、少しずつ売らせるのだ」

柏原城内に、武器倉は二つあった。兵糧倉はもっと多い。銭倉を造ろうなどと、これまで考えたことはなかった。兵糧こそが富という考えは、昔からある。しかし、戦というものの質は、これから変るかもしれない。それが最も早く現われるのが、この近江という地だろう。

「銭倉は急いで建てさせろ。おまえに任せる。場合によっては、本家の面倒も看てやれ」

「殿は？」

「わしは、京へ行く」

厳覚が眼を見開いた。驚いた時は、声を出すより眼を見開くのだ。

「心配するな。軍勢を率いて行くわけではない。せいぜい五十。高橋屋に五十ほどおろう。なにかあれば、すぐに姫橋を呼べる」

姫橋道円は、琵琶湖の西岸で、山門や園城寺の衆徒を相手に動き回っていた。山門と園城寺の衆徒は、昔からうまくいっていない。その間で、姫橋が動き回る余地はいくらでもあった。それで山門も園城寺も、琵琶湖の東側まで眼配りはできなくなるのだ。

「足利様は、京を奪回できますか？」

「わからぬ。しかしそれもやがて見えてくるであろう。京にいた方が、見えやすい」

「気が進みませぬなあ。脇屋義助など、殿を八ツ裂きにしたいと思っておりましょうし、実際にやりかねません」

「人は、死ぬ時は死ぬのだ、厳覚。この間の傷で、わしは命をひとつ拾ったと思っておる。拾った命なら、惜しまず、しかし拾ったということを大事にもしたい」

厳覚は黙って頷き、絵図の兵糧所に印をつけはじめた。

三十名を先発させ、忠信以下二十名を連れて琵琶湖を渡ったのは、翌日だった。

琵琶湖をどうやって制するかによって、近江は二倍にも三倍にもなる。改めて、道誉はそう思った。さらに琵琶湖が役に立つ時代が、近づいているのかもしれない。

それにしても、尊氏はほんとうに勝てるのか。毎夜のように床の中で考えていることを、道誉はまた考えた。

何事もなく、高橋屋に入った。

えいが迎えた。祇園社の中は、それほど戦火の影響も受けていない。高橋屋は、見たところ以前と変りなかった。

その日から、いつも高橋屋で暮すのと同じ生活に、道誉は入っていった。

忠信も、犬王に剣の稽古をつけはじめた。京を留守にしていた間、犬王は剣の稽古を怠っていたらしく、忠信の怒声を浴びていた。竹で容赦なく打ち据えるので、二、三日で犬王の躰は痣だらけになった。夜は、えいに抱かれ、乳を吸いながら眠るようだ。

道誉は、よく笛を吹いて時を過した。手負う前よりも、構えた吹き方はしなくなっている。犬王が、そばで膝を抱えて聴いていた。うたいたい素ぶりだが、決してうたわせなかった。

京の全域に、人は放ってあった。朝廷の動きは、蜂助が探っている。

朝廷のありようや公家どもの暮しと、人々の姿があまりに違っていた。一度は京を逃げ出したことについて、なにひとつ考えていないとしか思えなかった。腹立ちはあるが、それは笛を吹いて紛らわすしかなかった。

一忠が現われた。

ふらりと現われ、好きなだけ暮すと、またどこかへ出かけていく。高橋屋であろうと、柏原の館であろうと同じだった。しばらく姿を現わさないと、待つような心持ちになる。

「播磨に行っておりました。赤松様は、どこか道誉様に似ておられます」

欲しい武将として、楠木正成と並んで赤松円心の名を尊氏が出していたことを思い出した。円心は倒幕に大きな功があったが、いまは播磨守護も召しあげられている。大塔宮と近かった。大塔宮が朝廷の中で力を失うのに伴って、赤松の領地も削られてきた。大塔宮が力を失ってしまうと、赤松はためらわず尊氏と結んだ。尊氏は、大塔宮の最大の敵だったのだ。そして赤松は多分、楠木正成とも近い。複雑な男だ、という印象が道誉にはある。

「播磨は、乱れてはおらんのか？」

「乱れているように見えながら、乱れてはおりません。特に西播磨は。赤松様は戦備えにお忙しそうでございますが、人の眼は落ち着いておりますな」

「なるほど。播磨は新田義貞の領地となったが、新田の代官も入れぬというところか」

九州の緒戦で勝った尊氏は、着々と平定を進めつつあるという話だった。いずれ、九州から上洛軍を率いて出てくるだろう。それを、朝廷が討伐しようとする。その前に討伐軍を九州へ送ろうとしなかったのが、いかにもいまの朝廷らしい。

「人が荒《すさ》んでいない土地というのは、田楽を愉しんで観てくれるのですよ」

「なるほど。そういうものか」

「近江も、なかなかよい土地です。つらさも哀しさも呑みこんでしまう、琵琶湖を抱いておりますからな」

「京はどうだ。京の民は、戦に馴れているのか、それとも倦《う》んでいるのか？」

「どちらでもなく、心を閉ざすことを覚えたということでしょうな」

一忠が笑った。つるりとした顔に、不思議な皺が刻まれた。十年も前から、この皺は深くなることも消えることもないのだ。

「酒にするか」

「そろそろ、桜も咲きはじめておりますな」

「播磨では、そうだったか。京の桜は、まだ先であろう。近江もな」

道誉は手を叩き、現われたえいに酒を命じた。

「女子も若いうちが花と思われたら、なにかを見逃しますぞ、道誉様」

「説教か？」

「いえ。播磨で、母のような歳の女を抱きました。なんでございましょうな、あれは。肉の喜びを超えたもの、としか申しあげられませんが」

「懐かしいような思いでもあるのかな」

「ま、御自分で抱いてみられることです」

えいが酒肴を運んできた。

「道誉様のところでは、鮑《あわび》なども食えるのですね。米を食らえる民も少ないというのに」

「皮肉を言わずに、早く食え。ここで粟などを出したら、おまえはまた違う皮肉を言うのであろう。とっておきの鮑だ」

えいが、次々に膳を運んでくる。高橋屋にかぎらず、祇園社の宿所では、意外なほどの食い物にありつける。贅沢なものが、溢れている場所もあるのだ。それが、人の世だった。

えいにつきまとっている犬王に、一忠が眼をとめた。

「おえい様のお子ですか？」

「そんな。もう今年で四歳になったのでございますよ、一忠様」

「しかし、母を見る眼をしておりますな」

犬王は、痣だらけの顔をしていた。手首のあたりは紫色に腫れている。

「そうだ、一忠。この童の唄を聴かせよう」

犬王には、時々唄を思い出させた方がいい。そうすることで、やがては自分の唄がどういうものだったかがわかる日が来るはずだ。

「犬王、わしの笛でうたってみよ」

言うと、犬王は訝《いぶか》しそうな表情で道誉を見つめてきた。

「時々、うたわせてやろう。そうしなければ、剣の稽古にも身が入るまい」

なにを言われているのか、犬王にはわからないようだった。

道誉は、笛を出して構えた。

犬王の顔から、不意に表情が消えた。まるで傀儡《くぐつ》のような立姿だが、一忠が身を固くしたのがわかった。剣でも突きつけられたような感じだ。

道誉は笛を吹きはじめた。

途中から、犬王の濁った声が入ってきた。ひんやりとした風が、笛を吹く道誉の頬を撫でた。犬王は、まだ変っていない。

一忠が、大きな咳払いをした。

道誉が笛をやめると、犬王の声も聞えなくなった。

「行ってよいぞ、犬王」

犬王は、しばらくじっと立ち尽していた。顔に表情が戻ると、えいの姿を捜すように駈け出していった。

「犬王という童、私に預けていただけませんか、道誉様？」

「それはできん」

「なにゆえ？」

「犬王は、生まれたばかりなのだ。わしのもとで、普通よりいくらか早く成長する。わかるか、一忠。わしのもとで成長する歳と、犬王のまことの歳が重なった時、わしは犬王をおまえに預けようと思うかもしれん。あるいは、首を刎《は》ねるかもしれん」

「滅びの響きが消えなければ」

「生きていない方がよかろう」

「おえい様に、母を見るような眼をむけていたわけが、わかりました」

一忠が眼を閉じた。

「阿曽という者が、近江路で拾って育てていた」

「あの隻眼の。なるほど。阿曽もまた、滅びの響きを持っておりますな。どうにか、心の中に押しこんでいるようですが」

「阿曽のもとに戻すより、おまえに預けた方がいいような気がしている」

「乱世が、光さえない民の暮しが、この世に落とした子でございましょうな」

一忠が、遠くを見るような眼をした。

「それにしても、道誉様は笛が上達なされました。無常というものが、いささかおわかりになりましたかな」

「この間、わしは死に損った」

「死に損った者が、みな無常というものがわかるようになれば、この世から戦は少なくなりますものを」

一忠が、低い声でうたいはじめる。絶望に満ちた唄だ、と道誉は思った。しかし、絶望のさきにかすかな光が見える。

その光が、一忠の唄だった。

2

九州での足利尊氏の動きを、さすがに朝廷も黙視できなくなり、新田義貞を大将とする討伐軍を送った。その大軍はいま、播磨の赤松円心に引きつけられ、動きを止めたままだった。赤松円心は、よほど巧妙な籠城戦をしているのだろう。京からの、増援の気配はなかった。

「新田義貞が、大軍での城の攻囲を解かぬのには、どういうわけがあるのだ、蜂助？」

「わかりません。意地とも見えますし、背後を脅《おびや》かされるのをいやがっているとも思えます」

「おかしいぞ。たとえ攻囲の兵を一万残したとしても、本隊は進軍できよう」

「いまそうなっているというだけで、それ以上のことは私も知ることができませぬ」

「もっともだ」

新田義貞は、進軍の途上にある敵は、ひとつひとつ潰していかなければ、気が済まない性格なのかもしれなかった。

「このままでは、足利の上洛軍が立ちあがるな」

「たとえ平定したといっても、九州は足利の本拠ではありません。すぐに上洛軍を組織できるかどうか」

とりあえず、光厳院の院宣はある。山陽道、四国は足利方で固めてある。負け犬だった尊氏が、この三月ばかりで、いつの間にか負け犬という感じがしなくなっていた。武士に対する沙汰も頻繁に行い、それはおおむね武士に歓迎されているようだ。特に、倒幕で領地を失った北条方の不平武士が、いまはこぞって尊氏につきつつある。

やはり、九州での緒戦の勝利が、大きな分れ目だったと言える。

柏原城内の銭倉に、銭が溜まりはじめたと、吉田厳覚が報告に来た。姫橋道円を伴っている。その意味は、すぐにわかった。近江にある、山門の荘園を襲ってもいいか、ということなのだ。

「一度に襲うな、姫橋。手の薄いところから、ひとつふたつと襲うのだ。そうやっていれば、大きなところからそちらへ手を回すようになる。大きなところが手薄になれば、そこを襲う。わかったな」

「殿は、俺よりずっと悪党でござるよ。悪党はなにも考えずに暴れるが、殿は先の先まで読んで暴れようとされる」

「わしが暴れるのではない。おまえが悪党を装って暴れるのだ」

「そこが、また狡《ずる》い。山門は悪党の追捕《ついぶ》を殿に依頼してくるかもしれませんぞ」

「まったくだな」

道誉が言うと、厳覚が笑いはじめた。

「それで殿、近江はこれでよいにしても、日本という国はこれからどうなります？」

「山猿のように暴れ回っていたおまえが、日本という国について考えるか」

「殿のもとで、いろいろなことをやってきました。自分がなにをやらされたのだろうと、ちゃんと考えなくては危なくて付き合えぬ殿だわ。それで、いろいろ考えました」

「どう思う？」

「また、大きな戦ですな」

「わしは、どうすればいい？」

「京の朝廷など、腐った魚のはらわたのようなものだ、と殿は思っておられる。やはり、足利殿に同心されると思います」

「しかし、足利殿は九州に落ちたままだ」

「新田の大軍が、京から抜けております。この機に、近江の軍勢で京を制して、足利殿を呼び戻したらいかがでしょう」

　考えることが、直情的な男だった。理にかなっているところもある。姫橋のそういうところが、道誉は嫌いではなかった。ただ、放っておくとどこへ突っ走っていくかわからない。

「天下は自分で取るものだ。取らせて貰うものではない。足利殿も、そう考えておられよう」

「そんなものですか」

「いまの帝は、武士の力で天下を取らせて貰った。それを、忘れてしまわれた。ゆえに、武士の不満が募って、こうなった」

「なるほど」

「姫橋、おまえがどんなことをやろうと、それは天下のためだ。わしを信ずるなら、それも信じよ。男同士とは、そういうものぞ」

「かしこまりました」

「素直じゃのう、めずらしく」

「殿が、虫の息で寝ておられた姿を見ましたのでな。生きておられるなら、少々の理不尽など」

「理不尽か？」

「いえ。理不尽を理不尽と思わせぬ言葉を、殿はお持ちでございます」

「口の減らぬ男よ」

厳覚が、また声をあげて笑った。

姫橋をどう使うかは、これからの近江にとって重要な問題だった。佐々木の軍勢として動くべきでない時を、しっかり見据えなければならない。今度負ければ、尊氏は終りなのだ。どこかでまた、塞ぎの虫にでもとりつかれないともかぎらなかった。

尊氏は勝つだろう、と心の底では信じているところがあった。それでも、負けた時のことも考えておくべきだった。

赤松円心と対峙したまま、相変らず新田の大軍は動かなかった。白旗城《しらはた》を力攻めにして、かなりの犠牲を出しているという。山城に拠って大軍を引きつける赤松のやり方は、楠木正成にも似ていた。

道誉は、高橋屋を動かなかった。

犬王の剣の相手をしたり、笛を吹いたりして時を過した。犬王は、竹で打ち据えると、痛そうな顔をするようになった。えいが見ている時は、泣くこともある。

京の動き、新田軍の動きは、毎日蜂助の手の者が知らせてきた。近江では、山門の荘園が続けざまに襲われはじめている。

一忠が、めずらしく客を伴ってやってきた。

客はひとりで、庭の石に腰を降ろしていた。会いたくないならば帰す、と一忠は言った。誰とは言わず、言わないことですべてが秘密なのだとも物語っていた。

「たって、道誉様に会いたいと言われましてな。近江に行く気でおられました」

「会った方がいい、とおまえは思ったのだな？」

「会えば面白かろう、と思っただけです。私には難しいことはわかりませんのでな。もしかすると、道誉様のお怒りを買うかもしれぬ」

「会おうではないか」

気軽に、道誉は腰をあげた。忠信がついてこようとする。

「ひとりでよい」

「しかし」

「一忠が伴った客だ」

忠信は、不満そうな顔をしている。一忠は、つるりとした顔を道誉にむけ、かすかにほほえんだだけだった。

庭に降り、客の背中に近づいていった。

石から腰をあげ、ふりむいて男は軽く頭を下げた。楠木正成だった。

「河内におられると思っていた」

「それがしも、佐々木殿は近江だとばかり思っておりましたぞ」

正成が、白い歯を見せて笑った。つられたように、道誉も笑った。

「これは、河内、和泉の大守を、庭でお迎えしてしまったかな」

「皮肉は申されるな、佐々木殿」

「なんの、この佐々木道誉、近江半国を領地にしているにすぎず、しかも先の戦では朝敵に与《くみ》したる者」

「京で市中見回りをされていたころの佐々木殿は、武士のすべてを従えているようでございました。頭中将《とうのちゅうじょう》さえ、辞を低くして謝られたではありませんか」

「いささか、増長していたようですな。生まれついてのばさら者ゆえ」

なんのために、正成が自分に会いにきたのか。それを測りかけ、道誉はすぐにやめた。戦以外では、策を弄する男ではない、という印象が道誉にはある。

「御用件は？」

言うと、正成は真直ぐ道誉を見つめてきた。たじろぐような視線だった。

「帝と足利尊氏殿の間を、とりもっていただきたい」

「なにゆえ?」

「帝という存在を、この国から消してはならないと思うからです」

「しかし帝は京におられ、勅命を受けた新田殿の大軍が、足利を討ちにすでに進発しているではありませんか」

「負けます」

「ほう」

「先の戦では、われらは足利殿を破りに破りました。勝ち戦になれば、兵は増えていくはず。しかし、逆に兵は減り申した。勝っている軍勢の兵が、負けている軍勢に流れていくのです。これを、勝ちと言えますか。あの時から、ほんとうは負けていたのですよ」

正成が、新田義貞を討って、足利尊氏と組めと上奏した、という噂はほんとうのことのようだった。廷臣どもに嗤われただけらしい。新田義貞と反《そ》りが合わなかった、というだけのことではなかったのだ、と道誉は思った。

「足利殿は、ほんとうに勝てるのかな？」

「勝っておられますよ。九州の戦など、すでに終ったも同然。そして、再び京に攻め上ってこられるでしょう」

束の間、道誉は正成に対して畏怖にも似た気持を抱いた。味方の自分でさえ、尊氏はほんとうに勝てるだろうか、という不安を捨てきれないでいるのだ。正成の眼は、先の先を見ている。

「帝と足利殿をとりもつとは？」

「足利殿は、征夷大将軍となられて、武士の沙汰をなさればよい。政事も。そして帝は、内裏《だいり》におわすことになる」

「鎌倉に幕府があった時と同じように？」

「さよう」

「帝が、それを承知なされるとは思えぬ」

「承知せざるを得ないところまで、足利殿が追い詰められればよい」

「それがしにとりもてと言われるからには、足利殿が帝という存在を潰してしまうと思っておられるのかな？」

「足利殿は、帝に対して篤い思いを持っておられる。それが逆に、極端な方へ足利殿を走らせかねぬ、と思っております」

大塔宮のことが、正成の頭にあるのかもしれなかった。

「足利殿も、そこまでは」

「いや、足利殿のこれまでのやりようを見ていると、帝を攻めきれていないのです。不思議なほどに、帝にむかい合うと足利殿は弱気になる。それが、怕い」

わかるような気がした。帝に対する弱気を克服しようとした時、尊氏は極端な行動に走りかねない。

「それがしに、なにをせよと？」

「幕府があり、朝廷がある。それぞれが落ち着くところに落ち着けば、この国の戦乱は終《しゅう》熄《そく》するでしょう。それがしが望むのは、それだけです」

「六カ国を与えてもいい、と足利殿は楠木殿に言われたのではありませんかな」

「それがしに、器用なことができるとは思えません。領地を欲しいとも、思いません。どちらについても、滅びるしかない男なのですよ」

「足利殿につけば」

「男として、滅びます。帝につけば、首を取られるでしょうな」

「生き延びたい、と思われている？」

「それは、この世に生を受けているのですから。しかし、大事なものを捨ててまで、生き延びたいとも思いません」

正成が言う大事なものがなんなのか、道誉は知りたいとは思わなかった。自分とは違うところで生きている男だ、という感じが強い。

「それがしは、佐々木殿が羨《うらやま》しい」

「楠木殿から、そのような言われ方をするとは、思ってもいなかった。この佐々木道誉、ただ流れにもまれて生きてきただけです」

「もまれながら、それを愉しんでおられる。そのように見えます。それがしなど、なにをやるのも愉しむということができず、生真面目にしかなれないのです。だから、失望も深い。帝の御親政もそうでした」

「その気になれば、楠木殿はいくらでも出世できたはず。帝からも、足利殿からも受けがよかったのですから」

「出世して、どうなります。それがしのような田舎者には、学識のある廷臣の方々はただ眩しいだけであります」

「なにゆえ、あれほどまでに倒幕の戦に賭けられた？」

「国を動かせる。新しいものを作れる。それが、素晴しいことのように思えたのです。帝に拝謁して、また魅《ひ》かれてしまった」

「暗愚としか思えぬことが多い、いまの帝は。広い眼をお持ちではない」

「あの帝だったからこそ、倒幕をなせたのですよ。不屈ということを、それがしは教えられました。不屈が、なにかを動かし得るということを」

「お好きなのですな、帝を。隠岐へ配流と決まった時、出雲までの護送はそれがしの仕事であった。なかなかに、したたかなお方でもあった。不屈という言葉も、わからぬではありません。そういう帝を好きになってしまった男が、もうひとりいる」

正成が、道誉に顔をむけてきた。澄んだ眼をしていた。この眼で、なにを見て闘い続けてきたのか、と道誉はふと思った。

「足利尊氏殿。そんな気がする」

「わかります、それがしにも」

「楠木殿も、そこに入られますな。三人が、それぞれに嫌いではない。それでも、闘わなければならぬ。宿縁とでも言おうか」

「そうかもしれません。河内の、名もなき武士でした。悪党とも言われていた。それが帝のお召しに応じようか迷いに迷った挙句、一族をあげて応じることにした。あそこから、宿縁ははじまっていたのかもしれません」

「いまなら、何カ国を望んでも、手に入るところにおられる」

「死にますよ、それがしは。それがよく見えるのです。どんなふうな戦で、どんなふうに死んでいくか」

「帝の御親政には、それほどに失望されたか」

「倒幕の戦で、それがしは燃え尽き申した。燃え尽きたのなら、御親政に加わるのではなく、河内の名もなき武士に戻ればよかったのだと思います」

道誉は、庭の石に腰を降ろした。いつもここで笛を吹く。犬王の剣の稽古も見る。

風は、暖かくなっていた。この間まで、身を切るような風が京には吹いていた。そして気づくと、蒸暑くなっているのかもしれない。

「とりもつことは、しかねる。悪しからず、楠木殿」

「そうですな。お願いする方がおかしいのかもしれぬ。佐々木殿なら、気軽に胸を叩いてくださるかもしれぬ、とつい思ってしまった。そういうお人柄です」

「些事に生きています。志より、人の悲しみの方に眼をむけてしまう男です」

正成がなぜ会いにきたのか、道誉はまだ読めずにいた。読むこともないのかもしれない。

正成には、まともに話し合える相手がいなかった。それだけのことかもしれないのだ。

「せっかく来られたのに、なんのもてなしもできなかった。せめて、それがしの拙い笛などを」

「掛けてもよろしいですか、その石の端に」

頷き、道誉は笛を出した。

笛の音が庭に満ちた。道誉の心にも満ちた。いずれは、すべてが無常。笛の音にこそ、それは強くあった。だから、言葉が見つからない時、道誉はいつも笛を吹いてきた。

正成が立ちあがり、一礼して出ていった。道誉はさらにしばらく、笛を吹き続けた。

「殿がここにいることを、知られてしまいました。楠木殿は、敵でございますぞ」

縁に戻ると、忠信が言った。道誉は、ただ笑みを返しただけだった。一忠は、つるりとした顔で縁に座っている。

「よほど、帝を助けたいのだな。しかし、それが言い出せぬまま、帰られたようだ」

「もうひとつ」

一忠が口を開いた。

「足利殿が光厳院の院宣を受けられ、錦旗を掲げられたことを、ずっと気にしておられました。帝が二人になるかもしれぬ。そうなって乱れた世で、苦しむのは民だけだと。楠木様は、倒幕に加わったのがよいことだったのかどうか、ずっとお悩みなのです」

「まこと、無器用な生き方しかできぬ男よのう。わしなどには、それが眩しく感じられてならぬが」

「なかなかよいものでございましたぞ。道誉様と楠木様が、二人並んで石に腰を降ろされている後姿は」

「あまり、好きではなかった。それはいまも変らぬ」

「私は、いつも余計なことをしてしまうようです」

「近江へ帰られませんか、殿？」

「あまり気にするな、忠信。楠木殿が、誰かに語られるはずもない」

楠木正成のすべてが、自分には見えたのだろうか、と道誉は思った。

奥の部屋で、えいが犬王を叱っている声が聞えた。

3

播磨の赤松円心は、よく耐えた。籠城が、実に五十日に及び、その間、何度となく大軍の力攻めを受けたのである。それでも、白旗城は落ちなかった。

なにが赤松円心を耐えさせているのか、道誉はしばしば考えた。山中に散って大軍をやりすごし、背後から襲う方法もあるのだ。その方法を、選ばなかった。赤松円心も楠木正成も、道誉の理解を超えたところがある。

尊氏の、九州での立ちあがりも早かった。

筑前《ちくぜん》多々良浜で菊池武敏を破って、九州での緒戦をものにしたのが、三月はじめだった。四月はじめには、軍勢を整えて九州を出発している。内海を進む尊氏の船団は、一日で倍になるという増えようだった。

　五月のはじめになり、備後《びんご》鞆津《とものつ》に入り、そこで再度軍勢を整え直しているところだった。二十万を超え、軍船だけでは進めないという状態になっているらしい。

「足利殿の軍勢督促状は、関東一円はもとより、陸奥にも届いているであろうという噂です。信濃の小笠原貞宗《おがさわらさだむね》は、全兵力を挙げて上洛の準備をはじめるという話ですし」

　近江から、吉田厳覚が来ていた。神保俊氏《じんぼとしうじ》を連れていた。厳覚が眼をかけている若い家人である。銭倉の奉行の補佐もさせはじめる気のようだ。

「また、近江を軍勢が多く通ります。兵糧所を潰しておいてよかったと思います」

「姫橋に暴れさせろ、厳覚。山門の荘園など、もう気にすることはない。園城寺の荘園は襲わず、山門のものを襲う。そういうかたちにすればよい」

「殿も、お人が悪い」

「もともと、坊主が領地を持ちすぎている。だから、僧兵などを何千と抱えるのだ。平時に叩くとうるさい。すぐに強訴《ごうそ》などに及ぶからな。こういう時に叩いておくのだ」

　山門も園城寺も、本家の氏頼の領地の中にある。しかし荘園は、道誉の領地にも多くあるのだった。

「俊氏、銭倉はどれほどになっている？」

「はっ、およそ年貢米一年分を購《あがな》えるほどかと」

「そうか。そんなになったか」

神保俊氏は、戦よりも商才にたけていた。米の値が一番あがる時を見逃さない、と厳覚がよく言っていたのだ。

山中の、目立たない兵糧所は残してある。柏原城内にも、かなりの蓄えがある。

「よし、柏原城には秀綱を入れる。兵は一千ほどでよい」

「戦に備えるのですか？」

「悪党に備えるのだ、厳覚。これから近江では、悪党が暴れる。姫橋だけとはかぎらんぞ。暴れられると見たら、悪党はどこからともなく集まってくる」

「山門の僧兵なども、出て参りますぞ。いつまでも、荘園を荒らされるがままにしておくとは思えません」

僧兵が出てくる。それは、道誉が読んでいることだった。佐々木の軍勢は、柏原城を守って動かない。他国から、足利に応じようと京を目指す軍勢は、兵糧を手に入れようとする。そういうかたちになれば、この戦も近江にとっては生きるのだ。

「とにかく、言ったことをやっておけ、厳覚。わしは、動かなければならんという時まで、ここにいる」

「足利殿の軍勢にも加わらずにですか？」

「そうだ」

二十万の大軍。京に入るころには、三十万を超えているかもしれない。ならば尊氏の前に出るのに、三十名連れていようと、三千名連れていようと、同じなのだ。

「それから、本家の氏頼殿には、いたずらに兵を動かさぬようにと伝えよ。こういう時は、一門がまとまっているにこしたことはない。足利殿の督促に、応じなければならぬと考えるやもしれぬ」

「わかりました」

厳覚と俊氏が帰っていった。

道誉はすぐに、蜂助を呼んだ。

「琵琶湖の船で、勝手に商いをしている者たちを潰せ。船を沈めればよい。わしの言う通りに動く者たちだけの船にしたい」

道誉の息のかかっていない者たちは、主に湖南に集まっていた。山門があり、園城寺や日吉大社もある。

「一族で、ようやく成長した者たちがおります。その中の十名ほどを選んで、加えてもよろしいでしょうか？」

「京も探れ、播磨も探れ、おまけに湖南でも仕事をせよ。これだけ言われたら、いまの十名では足りまいな。呼ぶがいい」

「黒夜叉《くろやしゃ》と申す者が率いております。まずは湖南の仕事にお使いくださいますよう。甲賀より呼び寄せますれば、明日には」

「わかった」

　蜂助が消えた。

「忍びの歩き方というのは、まさしく芸でございますな。足音もない。あのように舞えれば、見る者の眼を惹きつけられます」

　一忠だった。このところ、ずっと高橋屋にいる。

「甲賀《こうが》には、あのような者が多くいるというぞ。おまえも修業に行ったらどうだ」

「躰が、大きすぎます、私は」

　一忠には、遠慮というものが一切ない。道誉がどこにいても、気がむけば入ってくる。そしてそれが、非礼になることもないのだった。

「楠木殿が、心配されていた通りになりそうだ」

「二人の帝ですか」

「尊氏殿は、いまの帝に譲位を迫るであろうからな。二人にはならぬと思うが」

「たやすく皇位を譲るようなお方ではない、という話ですが」

「仕方があるまい。しかし、上皇になられてからが厄介であろうな」

「楠木様は、やはり」

「戦がどうなるかは、終ってみなければわからぬが」

「いやだな。私は、犬王がおえい殿の乳を吸っているのでも眺めていよう。あれはいい。おのが浅ましさも、結局許されるのだと思わせてくれるものがあります」

「このところ、犬王はよく叱られておる」

「童らしくなったのですな」

一忠が、手を打ち鳴らした。現われた下女に、酒を頼んでいる。下女を相手にする時も、一忠の言葉遣いは変わらない。

久しぶりに一忠と飲むか、と道誉は思った。

五月十日に、足利軍は備後鞆津を海陸に分かれて進発した。

十八日には、新田軍は播磨、備前《びぜん》から兵を撤収した。

決戦場は、兵庫のあたりになりそうだった。ただ、新田軍は減っている。十万が、三、四万までに減った、と蜂助は報告してきた。

「楠木殿は、死ぬなあ、一忠。もう少しよく知りたい男だったが」

足利の大軍を京に入れ、出口を塞いで干上がらせていく、という献策が、公家どもに退けられ、一千に満たない軍勢で兵庫に出てきていた。

「度し難いのう、公家どもは。乾坤一擲《けんこんいってき》の策であったものを」

尊氏が、京で苦しむのを見てみたかった。という思いが束の間道誉を包みこんだ。楠木正成と尊氏は、正面からむかい合って最後の戦をすべきだ、という気がする。

二十四日から二十五日にかけて、湊川《みなとがわ》で戦があった。決戦と呼ぶほどのものではなかった。楠木正成が、悲しいほどの寡兵で奮戦し、自刃《じじん》して果てた。こういう散りざまをすら、正成は読んでいて、それを肯《がえ》んじたのだろうか、と道誉は思った。

新田義貞は闘わずして京へ後退し、二十七日には、帝とともに山門に逃げこんだ。

足利軍の一部は、無血で京へ入った。尊氏は男山八幡《おとこやまはちまん》に陣を置き、京と比叡山の山門を睨むという恰好である。

「足利様のもとの嘆虫、血虫という兄弟が、光厳院を六条長講堂へお移し申しあげたようです。山門へ落ちる行列の混乱ははなはだしく、誰が混じり、誰が抜けてもわからないような状態だったとか」

黒夜叉が現われて言った。まだ若く、隻眼でなければ秀麗な容貌を持った忍びだった。

尊氏の思う通りに、事は運んでいるようだった。今後は、京の攻防戦を通じて、少しずつ相手の力を削いでいく方法をとるだろう。

「蜂助は、もう近江か?」

「はい。京に足利軍が入ったのを見きわめて、手の者十名とともに、すでに近江でございます」

京の攻防戦では、兵や兵糧の通過で近江路は重要な役割りを果す。尊氏も、そのあたりの眼配りは忘れないはずだ。

「よい。おまえは、わしのそばにいよ」

平伏し、黒夜叉は姿を消した。

一忠が、縁で酒を飲んでいた。ここ数日、そういう姿が続いていた。

「楠木正成は、なにを惜しんで死んだのであろう、一忠?」

「名を惜しんで、ということになりますか」

「ほんとうに、そうかな」

「これ以上、見たくなかったのかもしれませぬな」

後醍醐帝の醜いさまを、とまでは一忠は言わなかった。道誉もそばに腰を降ろし、新しい酒を命じた。庭では忠信が犬王に剣の稽古をさせている。姿は見えないが、声だけは縁にまで届いてきた。

「あの石でございますな。道誉様と楠木様が並んで座られて」

「楠木殿がなぜわしを訪ねられたのか、いまだに読めぬのだ、一忠」

「なにもかも、理屈が通っていることばかりではございますまい」

酒が運ばれてきた。道誉は、自分で盃に注いだ。一忠が、低い声でうたっている。それは酒の肴にちょうどよかった。やりきれないほど暗く重い唄でも、いつまでも心に残るということがない。自分の心の重さとともに、消えてしまっているのだ。

「楠木殿の言われた通りになっていくな。皇位は、持明院統に移るであろうが、後醍醐帝がそのまま引き退がられるとも思えぬ。激しさは失っておられぬであろうから」

「どうでもよかったのかもしれません、そんなことは」

「そうかな」

「楠木様は、ただ道誉様の笛を聴きたいと思われただけかもしれず」

「笛か。大塔宮様を番場の峠でお送りした時も、わしは笛を吹いた。犬王の唄も一緒であったが。大塔宮様と楠木殿は、倒幕の戦を長くともに闘ってこられたのだったな」

「穏やかな顔で、笛の音に送られながら去っていかれました」

一忠は、いくらか酔っているようだった。これ以上飲んで、酔いに身を任せるようなことは、決してしない。道誉は、ひとりで盃を重ねた。一忠は、つるりとした顔にかすかにほほえみを浮かべ、黙って見ていた。

庭は静かだった。京の喧騒も、ここまでは伝わってこない。道誉は、自分が酔いはじめるのを待っていた。

4

帝が、また山門に入った。

山門に留っていれば、いつかは京を窺う機がある、と思っているのだろう。実際に、そういうところはある。

男山八幡の本陣で、尊氏はしばしば京の絵図に見入った。見れば見るほど、守りにくい地形である。大軍で入れば、出入口のいくつかを塞がれ、身動きができなくなる。まず兵糧に困窮することになるだろう。京を守ろうとせず、山門に逃げこむのは、当然のやり方と言ってよかった。新田軍は、比叡山を覆うように展開している。

攻めてみたが、埒があかなかった。いまのところ、比較にならないほどの兵力差だが、兵力だけで決まるのではないところに、京の戦の難しさがあった。

「暑くなる前に、片付けてしまいたいものだがな」

誰にともなく、尊氏は言った。そばにいるのは、近習のみである。尊氏は、京の暑さが嫌いだった。絡みついてくるような、蒸暑さなのだ。

「そろそろ、軍議の刻限でございます」

近習のひとりが言った。

ぼつぼつ、諸将も集まりはじめているようだ。こういう睨み合いに入った時は、軍議というのは大事なのだ。いろいろな眼が、いろいろなものを見ている。それが、軍議で出てくる。兵の士気が落ちていないかどうかも、侍大将を見ていればわかる。

尊氏は、軍議の席に出ていった。

直義や高師直をはじめ、主立った侍大将が十四名ほど集まっていた。

これまでの戦で、帝側の千種忠顕、坊門正忠《ぼうもんまさただ》は討ちとっていた。まともなぶつかり合いになれば、敵将の首もいくつか取れる。

「淀川筋を押さえられた場合、京への兵糧の目途は立つか?」

一応の軍議が終った時、尊氏は全員を見回して言った。

「本陣が男山八幡にあるかぎり、淀川は眼下ではありませんか」

直義は、戦になるとそういう発想しかしない。とっさに反応してくるものがないのだ。いまひとつ、戦がうまくないというのは、そういうところにあるのかもしれない。

「とにかく、淀川以外で、京への兵糧の道をつけたい。どういうやり方があるか、次の軍議までに考えておけ」

床几から腰をあげ、尊氏は直義に言った。なぜなのか、説明しようという気にはなれなかった。また、塞ぎの虫かもしれない。こんな時に塞ぎの虫に襲われたら、九州からの戦もなんの意味もなくなる。尊氏は、自分ではどうしようもない塞ぎの虫が、いまは一番怕かった。

「佐々木道誉様でございます」

軍議を終えてしばらくした時、近習が駈けこんで来て言った。

「なに、道誉だと？」

尊氏は腰をあげ、外に出た。

八幡の社殿への道を、四ツ目結の旗を押し立てた道誉が、三十騎ほどで登ってくるところだった。赤い甲冑で揃えたあでやかさは、居並ぶ軍勢の眼を惹いている。白馬の道誉の両脇を固めた武士は、それぞれ甲《かぶと》と薙刀を高く捧げ持っていた。

「これは尊氏殿、戦捷《せんしょう》おめでとうございます。九州の土になられてしまうのかと、いささか案じておりましたが、思いがけない早さで帰洛されましたな」

馬を降り、道誉が大声で言った。三十騎のほかに、軍勢は連れてきていないようだった。

「いつ、近江から来た？」

道誉は近江にいればいい、と思ったがそれは口にしなかった。佐々木家にも、軍勢督促状は出してあるのだ。

道誉は、どこも変っていなかった。関東の戦で受けた傷が思いのほか深く、一時は危ない状態だったという。そこまでしか、尊氏は知らなかった。負け続け、九州へ落ち、いまこうして戻ってきた。その間は、戦のことだけを考え続けていたのだ。

「ほほう」

床几に腰を降ろしてむかい合うと、道誉は尊氏の顔を見つめて声をあげた。

「俺の顔に、なにかついているか、道誉？」

「塞ぎの虫が、見え隠れしておりますな」

尊氏は、ちょっとかっとした。それは表情には出さなかった。

「いつ、京へ来たのだ、道誉？」

「ずっと京でお待ちしておりました。さすがに堂々と出歩くわけにはいかず、家中の者どももいささか気が塞いでおりましてな。今日は、甲冑姿で思いのまま歩くことができましたわい」

「京にいたのか」

「この佐々木道誉ひとりさえも捕えられぬほど、朝廷の力は弱っておりましたな。あるいは、取るに足りない男だったのかもしれませんが」

大胆なことをする、と尊氏は思った。そのくせ、細心なところもある男なのだ。関東での戦のことも、傷のことも道誉は喋ろうとしなかった。

「傷は、どうなのだ？」

自分の方から訊き、舌打ちしたいような気分に尊氏は襲われた。またこちらから言わされたのだ。関東の戦の手柄についても、いつもこちらから言わされた。

「もはや、傷痕が残っているだけでござる」

「そうか。心配はしていたのだが」

「心にかけていただいておりましたか。これは恐縮いたしますな」

酒が運ばれてきた。道誉は、なにげない仕草で尊氏に酒を注いだ。

「暑くなるまでに片を付けたい、と思っているのだが」

「無理は申されますな」

「急ぎすぎかのう」

「どこを見ても、急がなければならない理由はありませんぞ。武士の沙汰さえ間違わなければ、大勢は尊氏殿に靡《なび》きましょう。それは、九州から感じ続けてこられたのではありませんか？」

確かに、そうだった。自分の上洛を待って、五十日も籠城を続けた、赤松円心のような武士もいる。

「あのお方と、いつまでも睨み合っているのがどれほど気が重いか、察しはいたしますが。急いだところで、どうにもなりません。動きすぎて、どこかに破綻が出る。そこに、陸奥からの軍勢が襲いかかるというようなことになれば、また九州落ちでございますぞ」

「いやなことを言う」

実際、陸奥の北畠顕家の軍団は、悪夢のようなものだった。気づいた時は、背中に太刀を突きつけられていたのだ。いまでも、しばしば夢に出てくる。

「光厳上皇と、話はついた。京が落ち着けば、弟君の豊仁《とよひと》親王が皇位に就かれる。あのお方が、それを認められるわけもないが」

「対峙が膠着すればするほど、こちらの足もとは固まっていきますな。あちらに集まる兵など、わずかなものでしょうし」

「こちらには、京以北からの軍勢もかなり集まってきた」

西国の軍勢だけで、攻め上ってきた。東国の武士がどう動くかは、気にしていたことのひとつだった。

「淀川の物流を確保するにはどうすればいいか。いま考えているのは、それだ」

「なるほど」

言って道誉は酒を含んだ。

「物流を止められたら止められたで、よいではありませんか。気にされずに、本陣は京の中へ進められればよい」

尊氏が、本陣を進めたくて、淀川の物流を気にしていることを、道誉はすぐに読んだ。こういう、打てば響くようなところが、直義にも高師直にもない。

「大軍が、京で干上がるのだぞ」

「干上がると思うから、淀川を押さえるのでしょう。干上がらなければ、そこへ軍勢を張りつける意味もなくなる」

「淀川から兵糧を得ることを考えるな、と言うのだな」

「潤沢とはいかぬまでも、近江から運びこめます。そのあたりは、この道誉に任されればよい。雲母坂《きららざか》を通って運ぶなどということはいたしません。兵糧を運ぶだけなら、間道はいくつかあるのです」

やってみてもいい、と尊氏は思った。兵糧が尽きて再び男山八幡まで後退することになれば、相手を勢いづかせるだろう。しかし京の中に本陣を構えれば、逆に相手を威圧できる。外から見ても、勝敗がはっきりわかる。

「よし、京へ進もう。本陣は東寺《とうじ》に置く」

「尊氏殿の塞ぎの虫は、そのようなところから出ておりましたか。まこと、細かいことを気にされるお方じゃ」

道誉が声をあげて笑った。

兵糧は、戦では重要な問題だった。それをどう確保していくかは、戦の基本と言っていい。兵糧を無視した戦を無理押しして、負けた例はいくらでもあるのだ。

しかし道誉が言うと、いかにも細かいことのようにも思えた。

笑っている道誉が、小面憎かった。

九州のことなどをいくつか訊いて、道誉は腰をあげた。自分と二人だけで話すために、わざわざ軍議の刻限を避けて現われたのかもしれない、と尊氏は思った。

翌朝、尊氏は本陣を東寺に進めることを、全軍に伝えた。高師直が、慌てて飛んできた。淀川の物流を確保する手段が、まだ見つからないと言う。

「気にするな、師直。物流は、なにも淀川だけとはかぎらぬ。足利に底力があることを、山門の中のお方に見せつけてやろうぞ」

「殿がそう言われるからには、目途が立ったのでございますな」

「おまえたちが頭を働かせぬので、わしが働かせねばならん。難儀なことよ」

軍勢は、すでに動きはじめていた。

東寺まで四里ほど、遮るものは誰もいなかった。尊氏は、京に入ってまた自分が高揚してくるのを感じていた。光厳上皇と、豊仁親王を推戴《すいたい》しての入京である。

「直義にも伝えておけ。機を見て、三条坊門の館に移れとな。山門との闘いは、長くなる。腰を据えてかかることだ。違うか、師直？」

「御意」

「東寺の本陣は別として、あとの軍勢の配置は、山門からの攻撃を頭に入れて、周到にやれ。直義より、おまえの方が適任であろう」

東寺に入った時、尊氏ははじめて勝利感がこみあげてくるのを感じた。京を手中にした。天下も手中にした。

しかし、まだ戦は終っていない。

まず奉行所を設けて、出された軍忠状に証判を加えて返させた。それには直義が適任だった。武士が気にしていることは、早く決めてやった方がいい。それで、つらさに耐えようという気も起きてくるだろう。

攻める機と見たのか、山門からの攻撃が何度かあった。同じ程度の犠牲を出した。それは、勝ったということだ。軍勢の総数は、すでに十倍に達しているだろう。

ようやく、近習に伽《とぎ》をさせる余裕も、尊氏には出てきた。女には、あまり興味はなかった。筋骨たくましい、若い肌が好きだった。夜伽を命じた者が、それによって出世するということもない。翌日は、元の近習に戻っている。そうでない者は、すぐに遠ざけた。

「ほう、小笠原貞宗が、近江まで進んできたか」

報告に来たのは、直義だった。直義は、すでに三条坊門の館に移っている。

「近江で、悪党、野伏りに悩まされて、身動きが取れなくなっているようです」

信濃守護、小笠原貞宗は、東国では有力な武将である。率いている軍勢は、三万と多かった。自負心も強い。

「近江の悪党は手強いぞ。北条時益の例もある」

「佐々木道誉の領国です。それなのに、道誉は京極の館でのんびり構えておりますぞ」

「面白いな」

「なにがです、兄上。せっかく東国の軍勢が来ているというのに」

「まあいい。いま京の軍勢が増えるのは困る。小笠原には、近江を固めるように言ってやれ。軍忠状に証判も出してやるのだ」

「それだけでよろしいのですか？」

「道誉を、近江に戻そう。小笠原と力を合わせて、近江を固めさせればよい」

他国の軍勢が入っていない時、近江の情勢はそれほど乱れていない。つまり、道誉が領内を他国の軍勢に荒らされるのを嫌っているかもしれないのだ。

伊賀、大和も含めた山中に根を張る悪党と、道誉が無関係とは思えなかった。北条時益が討たれた時も、最後に神器を手にして京に運んできたのは、道誉だった。

近江を固めろと言えば、小笠原貞宗は守護のように振舞うだろう。それと、道誉がどう絡み合うか、見ものだった。両者がぶつかれば、その時に自分が出ていけばいい。道誉に、近江を治める力はないということになるのだ。他国へ移す理由もできる。

近江は、戦略上、足利一門で固めておきたい、と前々から尊氏は考えていた。そうなれば、軍勢も物資も、好きなように東国とやり取りができる。

やがて、豊仁親王が皇位に就く。しかし、後醍醐帝は、それを認めようとしないだろう。征夷大将軍の宣下《せんげ》を受けて幕府を開くにしても、鎌倉では不安があった。京で開くしかない、と尊氏は考えはじめていたところだった。そうなれば、近江という国は、さらに大きな意味を持つことになる。

「送るのは、それがしの御教書でよろしいのですか？」

「小笠原は不満であろうが、近江を平定してのち、と考えるであろう。平定すれば、守護に値する。そう匂わせてやれ」

「佐々木道誉は、心中穏やかならざるものがございましょうな」

「競わせればよいのよ。小笠原に押されるようなら、道誉もそこまでのもの。あのばさらぶりも、色褪せるということだ」

「私は、あの御仁が苦手です。いつも意表を衝かれる。気づくと、目立つ装束でいつも前を歩いている、という感じで。小笠原が、あの鼻をへし折ってくれればと思います」

「尻尾を垂れた道誉というのも、一度は見てみたいものだ」

「私の方は、もっと切実ですよ、兄上。私はいつも、兄上の舎弟としか見られていませんから。佐々木道誉が、足利家にとって大事な存在だったというのは、わかっていますが。多少の謙遜は欲しいと思います」

直義が、大名についてこういうことを言うのはめずらしかった。いつも、足利にとってどういう役に立つか、という眼でしか見ていない。

それから直義は、仮に設けたさまざまな奉行所について、長々と報告しはじめた。

後醍醐帝の政事の轍は踏むまい、と胆に銘じているのはよくわかった。すべてを迅速に、公平に処理すること。武士の不満を募らせないこと。幕府ができれば、それはすぐに公の奉行所になっていくものだ。

こういうことをさせているかぎり、直義にはそつがない。誰を重んじて、誰を疎むということも、直義にはないのだ。

「ついに、ここまで来ましたな、兄上」

直義が、感慨深げに言った。

確かにそうだと、尊氏も思う。何代にもわたって、北条家の顔色を窺いながら生きてきた。外様《とざま》の最大の大名であっただけに、北条の締めつけは厳しく、隙を見せればすぐに潰されただろう。

北条を倒せば、次は朝廷というものがすべてを阻んできた。力と力の関係だけではないところが、朝廷との争いの複雑なところだった。それもやがて、終るだろう。

「まだ叡山には敵がいる。新田義貞も滅びてはおらぬ。気を抜くと、痛い目に遭わされるぞ、直義」

「わかっております。しかし、九州に落ちねばならなかった時は、再び京の土を踏むことがあるのだろうか、と思いました。いまこうして京にあることが、夢のような気もいたします」

「もういい。兄弟でじっくり語り合う時は、これからいくらもあろう」

頷き、一礼して直義は退出していった。

尊氏は近習を二人呼び、腹這いになって躰を揉ませた。

何度、腹を切ろうとしたのか、思い出そうとした。負けて逃げる時、しばしば腹を切ろうと思った。そのたびに、直義や高師直に止められた。それも、もう遠いような気がする。

5

夜襲の注進で、尊氏は眼醒めた。

三条坊門の直義の館だという。京に入った時から、夜襲に対する備えは怠っていない。ただ、思ったより大規模だった。

尊氏のまわりには、宿直《とのい》の近習が集まっていた。本陣全体も、戦闘態勢をとっている。

一刻ほどして、追い返したという注進が入った。

翌日、二十名ほどの供回りで、尊氏は各陣営を巡視した。夜襲による動揺はなさそうだった。

そろそろ、最後の力をふり搾って、攻撃をかけてくるころだろう。それを、京を捨てずにしのげば、この戦の峠は越えたと言ってもいい。

しばらく、戦以外のことは考えなかった。

味方の兵の士気は落ちていないが、それもどういうきっかけで覆えるかわからない。大将たる自分が、とにかく気に満ちて立っていることだ。

敵襲の注進が入った。三十日の未明だった。夜襲というより、全力を挙げての攻撃だろう。最初にぶつかった細川定禅《ほそかわじょうぜん》は、勢いに呑まれたように、束の間の抵抗で破られ、後退した。

敵は南下して、東寺の本陣を襲う構えだという。

尊氏は、具足をつけた。東寺を守るのは、旗本の三千ばかりである。敵の数はわからないが、細川定禅を破ったのなら、二千や三千ではないはずだった。

「新田義貞、名和長年を大将とする斬込み隊が、先頭に立っております。殿だけを狙っている気配で、ほかのものには眼もくれず突き進んできます」

血虫が報告に来た。総勢で七千余、という注進もすぐに追ってきた。

「この戦は、旗本だけで闘わなければならん」

尊氏は、三千の旗本を前にして言った。

「敵はよく、わが懐に飛びこんできた。狙うは、この尊氏の首ひとつだろう。怯《ひる》むなよ。背を見せるな。斬って斬って斬りまくれ。足利尊氏の旗本がどれほどのものか、敵に見せてやれ」

すでに夜は明け、外は明るくなっていた。

尊氏は、旗本を三段に分けて構えた。

戦の気配が、次第に近づいてきた。高揚してくる自分を、尊氏は感じていた。

「馬」

尊氏が言った時は、もうそばまで曳かれてきていた。

敵が見えた。第一段が、すぐにぶつかった。押され気味である。敵は四千ほどか。時をかければ、もっと増える。

「よし、第二段を前へ出せ」

第二段がぶつかっていった。ほぼ互角の押し合いになった。

「いつまでも揉み合ってどうする。突破するぞ。続け」

尊氏は太刀を抜き、馬腹を蹴った。まわりの騎馬も、それに続いた。

新田義貞が見えた。名和長年も見えた。そこにむかって、尊氏は突っこんでいった。新田義貞の首は自分で取る。そう思っていた。味方に勢いがついた。押しはじめる。ようやく、尊氏は敵の中に躍りこんだ。二、三名の敵兵を斬り伏せる。

新田義貞。こちらを見ていた。お互いに近づこうとしながら、少しずつ遠ざかった。新田義貞が、押されて後退しているのだ。

半刻ほどで、敵は潰走をはじめた。

終った、と尊氏は思った。大胆な攻撃だった。しかし、自分の首は取れなかった。今後、新田義貞に二度と同じ機会はないだろう。

「名和長年を討ち取りました」

注進が入った。

尊氏はすでに陣屋に入り、甲を脱いでいた。残敵の掃討は続いている。新田義貞の首を取ったという注進は、ついに入らなかった。

これからまたすぐに、大きな攻撃があるとは思えなかった。その力は、もう残っていないだろう。しかしそれでも、叡山を攻めるというのは楽なことではない。山なみが、そのまま砦のようなものなのだ。

尊氏は、政事のことは直義に、戦のことは高師直を中心にした侍大将たちに任せることにした。

幕府というものについて、しっかりと考えておきたかった。特に、京に幕府を作るということになれば、朝廷との関係をどうするかを、細かく決めておいた方がよかった。この国で紛争が起きる時は、必ず朝廷が絡んでいる。いや、どちらかに担がれる。ただの大名や公家なら担がれることはなく、朝廷なるがゆえに担がれるのだ。

やるとしたら、まず光厳上皇の院政からだろう。そして光厳院の命令で、豊仁親王の践《せん》祚《そ》を行えばいい。三種の神器すらない践祚になるが、そういう前例に詳しい公家は捜せばいるだろう。

高師直が、報告に来た。

淀川の物流が、和泉あたりで止められ、兵糧が入ってこなくなったのだという。

「いつからだ？」

「きのうからです。手の者を飛ばして調べたところ、興福寺の僧兵などが多く加わり、川筋を押さえてしまっています」

「京の兵糧は、どれぐらいもつ？」

「まずは三日、でございますか」

「たった、それだけか？」

「普通に食らえば、そんなものです。なにせ大軍でございますからなあ」

京を攻める時は、三十万はいたのだ。半分は、軍忠状に証判を加えてやり領地へ帰している。

「このままだと、大軍が干上がります」

「わかっている。とにかく、ありったけの兵糧を、もう一度集めてみろ」

「隠している者もいるでしょうから、力で徴発していいということですな」

「待て、それはならん」

「力を使う以外に、ありませんぞ、殿。なに、十人ばかりの首をぶらさげれば、恐れて出すでしょう。京の者たちは、みんなしたたかでございますからな。それぐらいはやらねば」

「おまえがやるのは、軍勢が残している兵糧を集めることだ。それをやれ」

「そんなもの、どれだけ集められると思っておられます」

「とにかく、やれ」

不服そうな表情で、師直が出ていった。

尊氏は、合図の鈴を鳴らして嘆虫を呼んだ。

「淀川の物流が止められた」

その場合、近江から運ぶ道があると言ったのは、道誉だった。道誉はいま、近江で悪党の平定に乗り出している。

「佐々木道誉のもとへ行き、このことを伝えてこい」

嘆虫が、頭を下げた。

「手筈も、聞いてくるのだぞ。近江からの兵糧を、どこで受け取るかなど」

「近江では、悪党が暴れておりますが」

「それも、見てこい。どういう暴れ方だか」

「かしこまりました」

嘆虫が消えた。

翌日も師直がやってきて、力による徴発をうるさく言いたてた。軍勢が独自に持っている兵糧など、一日分にもならなかったのだ。

尊氏は、それほど深刻に考えてはいなかった。佐々木道誉が、できないことをできると言ったことは、これまでにない。

直義やほかの侍大将たちも、厳しい表情で集まってきた。

「近江からの兵糧の道を、いまつけつつある。山中を運ぶ兵糧ゆえ、それほど大量というわけにはいかん。しかし、十五万の兵が飢えなくても済むだけのものは、あるはずだ」

「しかし、近江からどうやって。下手をすれば、叡山に兵糧を運んでやるようなことになりますぞ」

「とにかく、道はつけつつある。明日も兵糧が入ってこないというのであれば、考えよう。徴発など、いつでもできるのだ」

「佐々木道誉殿ですか?」

師直は、尊氏を睨みつけるような眼をしていた。

「悪党の討伐にお忙しいのでは？」

「小笠原の三万の兵力がある。その気になれば、悪党などものともせぬわ」

「佐々木殿は、確かに兵糧を送れると言ったのですな、殿？」

「言った」

「わかりました。佐々木道誉ほどの者がそう言ったのなら、一日待ちましょう」

頷いて立ちあがり、尊氏は居室へ戻った。

兵糧は確実に来る。嘆虫はそう言った。近江甲賀郡の山中から、宇治《うじ》へ入れる。嘆虫は、その道を歩くことは許されなかったらしい。地元の者だけがわかる、入り組んだ迷路なのだろう。

それよりも尊氏は、嘆虫が印をつけた近江の絵図の方に関心を持った。悪党騒ぎが起きた荘園や、悪党と小笠原のぶつかった場所に印をつけてある。

はっきりと、ひとつの傾向があった。

寺社領が、狙いうちにされている。山門、園城寺、日吉大社。近江は、そういう寺社領がどこの国よりも多いのだ。そして、寺社領の半分以上が、悪党に襲われて荒廃し、主なき土地になりつつあった。寺社側も懸命の防御策をとっているが、なにしろ悪党は神出鬼没で、後手後手に回ることが多いのだ。それに、他国から流れてきた悪党だけでなく、荘園に根づいた悪党もいるらしい。

小笠原貞宗の戦術は、荘園を潰すというものに移りつつあった。原野に悪党を追っても、ほとんど成果はあがらないのだ。

道誉の目論見が、絵図を透して見えてくる。領内の寺社領を、この機会にできるだけ多く潰そうとしている。潰れた荘園には、道誉が兵を送りこんで立て直す。つまり荘園の押領だが、主がいないという大義名分が道誉にはある。しかも、潰したのは道誉ではなく、小笠原貞宗なのだ。

うまく考えている、と舌を巻きたくなるほどだ。領内で、小笠原が守護まがいの動きをしても、道誉はそれを補佐している。決して表には出ないが、かげで支えている。そうやって、小笠原が潰した荘園を押領していく。高笑いをしている道誉の顔が、見えるようだった。

小笠原と、どう折合いをつけるか、と尊氏は注目していた。それでぶつかってどうにもならなければ、道誉の領地は召しあげて、もっと遠くへ移せばいい。もともと、近江という土地が欲しくて、尊氏は小笠原に近江逗留を命じたのだった。それを、道誉は完全に逆手に取っている。

まだ残された手段がある、と尊氏は思った。小笠原の軍功を、近江守護というかたちで報いてやることだ。小笠原が正式な守護になれば、道誉は行き場を失う。

もうしばらくは、道誉の好きなようにやらせておけばいい。尊氏は、そう思った。

翌日の朝方から、宇治に兵糧が入りはじめた。

尊氏は、鳥羽《とば》に五千ほどの兵を展開させて、万一に備えた。兵糧が届きはじめると、険しかった武将たちの顔もようやくほころんだ。和泉で淀川筋を押さえている興福寺の僧兵らも、やがてその徒労を悟るだろう。

暑い季節になってきた。

しかし京の夏は、例年の夏ほど蒸暑くはなく、むしろ涼しいと感じる日が多かった。蝉の声も、あまりない。

尊氏は、持明院統の所領を検討し、大覚寺統や他の武士の押領によって失われたものを、少しずつ回復していった。持明院統の新帝擁立の準備である。

八月十五日、神器なしの践祚の儀が行われた。山門の力が、もう弱くなったと判断してのことである。神器のない践祚も、前例はあった。

光明《こうみょう》天皇である。

これで、尊氏が征夷大将軍に就ける条件は、すべて整ったと言っていい。

「天に、二人の帝か。楠木正成殿が言った通りになっている」

道誉だった。近江の叛乱はほぼ鎮静したという理由で、践祚の儀に合わせて入京していた。尊氏の本陣はまだ東寺で、居室に道誉を呼んだのだった。

「正成だと？」

「さよう。尊氏殿が九州におられたころ、楠木殿がそれがしを単身で訪ねてこられた。後醍醐帝と尊氏殿の間をとりもってくれ、という御依頼でござった」

「断ったのか？」

「断るもなにも、それがしにそのような力はござらん」

「それで、正成が言ったのだな。俺が、帝をもうひとり立てると」

「それか、帝というものを滅ぼしてしまうか」

「滅ぼす？」

「それがしも、そう思い申した。尊氏殿は、後醍醐帝にはいつも弱気であったからな。その弱気を、どうあっても克服しなければならないところに追いつめられた時、極端なことをしかねないと」

道誉は、涼しい夏の話でもするように、平然と喋っていた。

尊氏は、正成の姿をまざまざと思い出した。自分が、唯一怕いと感じた男だった。威圧してくるものは、なにもなかった。自分とは、まるで異質の人間でもあった。どこを怕いと思ったのか、いま考えるとわからなくなるが、敵に回したくないという思いは、最初に会った時からあった。

「正成は、なぜあんな死に方をしたのだ、道誉？」

「わかりませんな。しかし、どういう戦で、どういうふうに自分が果てていくか、見えると言っていました」

「なるほど。覚悟はしていたのか。それにしても、鬼神の働きであった」

「尊氏殿と楠木殿と、そして後醍醐帝。それぞれに生き方は違うが、似ているとそれがしは感じましたな」

「もうよせ、道誉」

「この話は、不快でござるか」

「なんの。俺は、正成を殺したくなかった。しかし、死んだ。後醍醐帝に逆らいたくはなかった。しかし逆らった。俺の名は、逆臣として残るかもしれん。それも、覚悟した。鎌倉で、寺に籠って坊主になろうとした時、いろいろ考えたのだ。それを、いま思い出したくはない」

「わかりました」

道誉が笑った。

「尊氏殿は、いまなさらねばならぬことを、山ほどお持ちだ。昔をふり返るのはやめておいた方がよろしいでしょうな」

「俺にだけ言うな、道誉。おまえも、余計なことを言っている暇はないぞ。近江における悪党の叛乱が、終熄したと俺は思ってはおらん」

「小笠原殿がおられます。三万の兵を擁して。磐石でござろう」

道誉は、笑っていた。

山門からの攻撃があったのは、光明天皇践祚の儀の、数日後だった。呆気ないほど、たやすく追い返すことができた。

山門は、なにかを待っていた。京の兵糧が尽きるとでも思っているのか。

6

道誉は、丹波から若狭小浜に出た。

近江で悪党がまた暴れはじめ、小笠原貞宗が音をあげたのである。待っていたとばかりに、尊氏は道誉に出動を命じてきた。

小笠原貞宗の道案内をしてくる、と道誉は居並ぶ諸将の前で言ったのである。道案内という言葉を、誰も信じはしなかっただろう。道誉が近江を離れると、悪党が騒ぎはじめるという感じになっているのだ。

誰もが、心の中では悪党と道誉の結びつきを感じているに違いなかった。口に出す者はいない。道誉も、ことさら道案内などと卑屈なことを言ってみる。

道案内という言葉で、尊氏だけがにやりと笑っていた。

小笠原貞宗の軍勢は、悪党を追って、若狭との国境まで来ていた。

小笠原の兵は、明らかに疲れていた。見えない敵を追っているようなものなのだ。おまけに、兵糧が乏しかった。そして小笠原貞宗は、悪党の相手に倦みはじめていた。尊氏のもとに参じるつもりが、近江で足止めを食らい、不本意な戦を余儀なくされているのだ。

国境には、一千の軍勢を連れた吉田厳覚も来ていた。

「佐々木殿、わしはいつまでも悪党を相手にしていたくはないぞ」

「それがしも、同じでござる。ここは、近江を駈け回って、悪党を追い出してしまいましょう」

「この間も、そこもとは同じことを申した」

「悪党というのは、まったくもって厄介なものです。今後のことを考えると、それがしも頭が痛くなります」

「兵糧が足りぬ。それをまずなんとかしてくれ」

「いまここに兵糧があるわけではなく、すぐになんとかというのは、無理です。とにかく、討伐をはじめることが先かと。小笠原殿に回せる兵糧がどれほどあるかは、すぐに調べさせます」

小笠原貞宗は、うんざりしたように頷いた。

今年は、いつもより秋が早かった。国境の山中は、もう木々の葉が色を変えている。雪も早いだろう、と道誉は思った。

軍議には、道誉と厳覚と姫橋道円が出た。小笠原方の武将は、八名である。

「ほぼ三カ所に、悪党は集まりはじめております」

具足に折烏帽子《おりえぼし》姿の姫橋が言う。ついこの間までは、悪党のなりで原野を駈け、小笠原軍を引き回していたのだ。

「ひとつは、美濃へ追い払えます。あとの二つは、伊賀へ追い払うしかありません」

姫橋が、絵図を指して言った。

小笠原貞宗は、実直な東国武士だった。まともな戦では力を出すだろうが、こういう戦はいかにも苦手に見えた。

いま近江に入っている悪党は、総数で二千ほどだ。入ることを道誉が許し、姫橋と連携しながら荘園などを襲っていたのだった。ただ、方々に出没しては消えるので、一万と言われればそうも思える。

そろそろ道誉が怒りはじめている、と悪党の頭たちには伝わっているはずだった。三カ所に集まっているのは、引揚げの準備なのだ。

軍議は、姫橋の提案通りに進んだ。近江を北から南へ駈け抜け、悪党を追い払うというものである。小笠原貞宗は、それに追認を与えただけだった。

「小笠原殿は、早く休まれますように。明日から二、三日は、駈け続けでございますぞ」

「こんな戦は、早く切りあげたいものよ」

「京では、いまだ山門に先の帝がおられます。あちらも、持久戦でございますな」

出発は、明朝と決まった。

道誉は、自陣の陣幕の中で、別の軍議を開いた。忠信、厳覚、姫橋と絵図を囲んだのである。

寺社領の、かなりの部分は潰れていた。潰れた荘園の半分ほどの押領も、佐々木軍の手で進んでいる。全部を押領するというわけにはいかないだろう。山門も園城寺も、懸命の回復策を取るに違いないのだ。どこは寺社領に戻し、どこは押領を続けるか。それを話し合った。厳覚や姫橋が惜しいというものも、寺社に戻すことにした。主要な荘園を五つばかり手に入れられれば、それでいいのである。露骨な押領は、強い恨みが残る。恩を売るぐらいに考えた方がいい。

「柏原城の銭倉は一杯です。俊氏が悲鳴をあげております。兵糧倉も、まったく手をつけておりません。兵糧所のものは、京へ送るのにかなり使いましたが」

厳覚が言った。

冬までに、すべては終りそうだった。来年になれば、近江での本拠は琵琶湖のそばに移すつもりだ。山城が必要な時代ではなくなるだろう、と道誉は思っていた。悪党が跋扈《ばっこ》する時代でもなくなる。

「姫橋は、これまでよく働いてくれた。悪党の真似などをさせて、悪かったとも思っている」

「殿、そのような」

「具足をつけ、軍議に出ているおまえは、いかにも嬉しそうだった」

「それは、もう」

「これからは、わしの麾下《きか》に入れ。いずれ京も、具足姿で歩かせてやろう」

「ようやく、認めていただけましたか」

厳覚が、笑い声をあげた。

小笠原の陣営は、静まり返っている。

翌朝から三日、駈けに駈けた。

駈けながら、荘園がどれぐらい荒れているか、道誉はよく見ていた。今年は寒い夏で、凶作である。いっそ荒らされてよかったのだ、と道誉は思った。

戦らしい戦は、一度もしなかった。

野路原で、一千ほどの僧兵を囲んだ。山門の衆徒で、成願房《じょうがんぼう》という者が指揮していた。悪党とは、いくらか違う。むしろ悪党を防ごうとしていた方で、成願房の名は近江では知られていた。

悪党だと信じて、小笠原貞宗は成願房ほか十名ほどの首を刎ねた。道誉はあとでそれを知ったが、たとえ知っていても止めはしなかっただろう。山門の荘園から成願房がいなくなることは、道誉にとっても悪いことではなかったのだ。

「もう動けぬぞ、佐々木殿。兵たちも、腹を減らして草でも食いそうだ」

愛知川まで戻ってきたところで、小笠原貞宗が言った。

「小笠原殿。大変申しわけないが、お分けできる兵糧が近江にはありません。家中の者が手を尽くして集めたのですが、およそ千人分ほどしか」

「なにを言う。小笠原軍は三万ぞ。千人分の兵糧を貰ってなんになる」

小笠原貞宗は、道誉を睨みつけてきた。悪党から奪い返した兵糧が、かなりあるのは知っているはずだ。

「落ち着かれよ。この佐々木道誉、小笠原の兵に充分な兵糧を調達したいと思い続けて参った。兵糧も、ないわけではありません。しかし、できぬ」

「佐々木殿、理を尽して申されよ。兵糧はあるのに、われらには分けられぬ、と言ったな」

「確かに。その兵糧は、京へ運ばねばならぬのです」

「京へ？」

「淀川の物流を、和泉で止められている。京への兵糧は、近江から送るしかないのです。京には、足利軍十五万。兵は、一日一食でなんとか飢えをしのいでいます。この状態は、淀川の物流が回復するまで続くでしょう」

「兵糧が足りぬ。ゆえにわれらは近江に逗留せよ。そう足利殿から命じられていたが、そんなにか？」

「いずれ、淀川の物流を回復できれば」

「兵の腹は、待ってはくれぬわ」

「二日」

道誉は言った。

「二日分の、わが軍勢の兵糧を差しあげましょう。その間に、それがしは京へ行き、足利殿と談判して参ります。だから、二日だけお待ちいただけませぬか？」

「その間、佐々木軍の兵糧は？」

「二日では、飢えて死ぬこともありますまい」

「待たれよ。兵糧はなんとしても必要だが、それは京も同じであろう。近江でよく働いた、と足利殿が軍忠状に証判を加えてくだされば、わしはそれでよい」

小笠原貞宗は、帰国する気になっていた。

「証判だけで、よろしいのですか？」

「信濃へ戻れば、腹一杯食える。証判と帰国の許可がいただければよい」

「それは、難しいことではございますまい。それだけなら」

「近江にも雪が来るだろうが、信濃はもっと雪深い。初雪が来るまでに、なんとか帰国したいのだ」

「わかりました。信濃へ戻られる分の兵糧ぐらいは、なんとか足利殿に談判してみます」

「お願いいたす。わしはもう、帰国の準備をする」

「では、われらの兵糧をお使いくださいますよう」

それだけ言い、道誉は愛知川の陣営を離れた。供回りは、忠信ほか二十名。すぐに船に乗り、大津へむかった。

京の足利軍は、近江からの兵糧でこの二カ月ほど細々と食い繋いでいた。

道誉はまず、近江の鎮定が終ったことを、軍奉行の高師直に報告した。

「まこと、道案内をされたのか、佐々木殿？」

「ゆえに、三日で片がついてござる。でなければ、三月はかかるな」

「しかし、近江の悪党というのは、不思議な者たちよのう。佐々木殿がおられぬと、暴れはじめる」

「たまたまでござろう」

師直が道誉を見つめ、それから声をあげて笑った。

尊氏は、居室にいて、近習に躰を揉ませていた。

「近江の鎮定がなったか、道誉」

近習を退がらせ、尊氏は躰を起こした。

「小笠原貞宗の軍功は大であるな。それなりに報いてやらねばなるまい」

尊氏は、表情のない顔を道誉にむけていた。

「小笠原殿は、軍忠状の証判と帰国の許可が欲しいそうです」

「帰国？」

「それがしは、それを貰いに来ました」

「おまえが、なにかそそのかしたのであろう、道誉。帰国など許せんぞ。証判はすぐにも出してやる。恩賞も、考えよう」

尊氏が腰をあげ、床敷きを歩き回った。なにを切り出そうとしているか、道誉には見当がついた。

「小笠原の恩賞じゃがのう、道誉。近江守護を与えたとして、おまえはその下で耐えられるか。耐えられるなら、それもよし。耐えられぬなら、どこぞ好きな国を言ってみよ」

「近江」

「代々佐々木が守護だったが、本家の方であろう。おまえは、庶流にすぎぬ。本家の佐々木氏頼はいまだ幼少。ここはきちんとした守護を置かねば、また悪党の叛乱であろうが」

「しかし、小笠原殿は、信濃へ帰られますのでなあ」

「近江守護を与える、と言っているであろう」

「しかし、帰られますなあ、やはり」

「近江が、いらぬとでも言うのか？」

「小笠原殿は、もっと切実な問題を、いま抱えておられる。兵糧がなくて、兵が飢えているのですよ」

「なんだと、どういうことだ？」

「兵糧をお分けしたいが、そうすると、京へ送る分がなくなる。十五万の足利軍を飢えさせるわけにはいかぬので、小笠原殿は信濃に帰られるのです」

尊氏の表情が変った。

顔色が赤くなってくる。眼には怒りがあった。

「道誉、俺を嵌《は》めたな。はじめから仕組んだことか？」

「すべて、尊氏殿が考えて、下知《げち》を出されたことだ。自分で考え、自分で踊ってしまったというところはありますが」

尊氏が、唸《うな》り声をあげた。道誉の前に座りこむ。どこか、抜けたところのある男だ。そして、それを隠そうともしない。

日ごろの周到さから考えれば、嘘のような言い方だった。そしてそれは、なにか掴みどころのない大きさにも繋がっていた。

「小笠原軍三万に、近江にある兵糧を腹一杯食わせましょうか」

「もういい、言うな」

怒りは消えたらしく、尊氏は笑いはじめていた。

「おまえの鼻を折ってやろうと思ったのに、逆に折られたか」

「それほど、近江が欲しいのですか?」

「なんとなく、足利一門の領地であればよい、と考えた」

「二度と、考えられないことですな」

「ええい、わかった。おまえの泣きっ面を見るには、もっと小狡くやらねばならん。それもわかった」

尊氏が、本気で道誉から近江を取りあげようとしたのかどうか、よくわからなかった。懇願すれば、言い出したことをひっこめたかもしれない。要するに、尊氏は道誉に貸しを作りたがっている、とも思えた。

「くそっ、淀川の物流を止められたことが、こんなことで効いてくるとは思わなかったぞ。しかし、近江に兵糧がないことはあるまい。小笠原の軍勢に食わせるぐらいは、あるのではないのか。今度のことで、荘園も思うさまに支配できるようになっただろうし」

「ありませんな」

「まあいい。俺の負けだ。小笠原への軍忠状の証判は、すぐに出そう」

尊氏は、闊達に笑った。

「ところで、叡山をどう見る、道誉？」

「弱っておりますな。ここでもうひと押しできれば、あのお方は音をあげられます」

「そうだな」

「尊氏殿の、塞ぎの虫が出る前に、ひと押しした方がよい、と思います」

「俺は、大丈夫だ。しかし、ひと押しはしたいのう。京を、干上がらせようとした。今度は逆に、叡山を干上がらせてやるか。蓄えられた兵糧も尽きるころであろうし」

「それはよろしいですな。腹が減ることは、誰でも怕い。尊氏殿も、ついさっき怕がられたばかりだ」

「よし、近江の領主であるおまえに命じる。琵琶湖を使った、叡山への糧道を断て。山門の舟などが、かなりあるであろう。それを燃やしてしまえ」

「いま、使いを出します」

「おまえが行かぬのか道誉？」

「山門に、舟などはござらぬ。尊氏殿が京へ入られる前に、それがしが燃やしておきました。いま琵琶湖で動いている舟は、すべてそれがしの手が届きます。よって、使いを出せば、それで済みます」

「俺が、京に入る前に燃やしただと」

「佐々木道誉でござる、それがしは」

道誉が笑い声をあげた。尊氏の笑い声も途中から混じってきた。

第四章　征夷大将軍

1

近江が見渡せた。

眼下には原野が拡がり、そのはるか先に琵琶湖の水面が見えた。

甲良《こうら》である。新しい城を築いた。柏原は山中という感じがあったが、ここは近江のほぼ中央にあたり、ゆるやかな台地となっていた。山城ではなく、館もかねているので、広壮な造りになった。

道誉はまた、神保俊氏に命じて、甲良から一里ほど離れた村に、領内の馬借を集めさせた。荘園に、かなりの力を拡げた。そこからあがる年貢米が多くなり、京へ運ぶための馬借が必要だと思われた。

「琵琶湖の舟運だけで、充分ではございませんのか」

琵琶湖の舟運のほぼすべてを、一時道誉は握った。その舟運をとめると、山門はあっさりと干上がるのである。去年、山門に籠った後醍醐帝が、耐えきれずに和睦に応じ、京に戻ったのも、山門の兵糧が尽きたからだった。その折、新田義貞は北陸に落ちた。そして後醍醐帝もまた、京を落ち、いまは吉野《よしの》に拠って朝廷を作っている。

「とにかく、集められるだけの馬借を集め、そこには代官も置くのだ。馬借を押えるためではないぞ。馬借には、やりたいように商いをさせろ。その馬借が商いをやりやすいように、代官が争いを防ぐのだ。野伏りなどからも護ってやる」

京が落ち着くと、大変な量の物資が必要になる。淀川でそれを運ぶが、北陸や東国のものは、近江を通るしかない。

去年、道誉に糧道を断たれたことがよほど肚《はら》に据えかねたのか、山門は意地になって舟を造り、舟運の者たちも集めた。いまでは、かなりの数になっている。そして、馬借も抱えているのだ。道誉が馬借を集めると、山門を刺激するのはわかっていた。

「馬借たちが、山門との板挟みになりますが」

「無理に強いることはない。馬借にかぎらず、銭儲けができる方に集まってくるのが、商人というものだ」

倒幕から絶えることなく続いた京の混乱は、後醍醐帝の帰京で収束する気配を見せていた。それは、後醍醐帝が再び京を脱出し、吉野に拠っても変らなかった。尊氏は、京を出た後醍醐帝を、追おうともしなかったのだ。

尊氏はまだ征夷大将軍となっていなかったが、京にはすでに幕府ができている、と道誉は見ていた。去年の秋に、建武式目《けんむしきもく》を制定したのである。これは、朝廷ではなく武士が、今後の政事を執っていくことを宣言したようなものだった。武士たちは、ほぼそれに納得していた。建武式目の中の一条に、ばさらの厳禁があった。尊氏は、武士がそれぞれの価値観で動くのを、嫌ったのである。

しかし、ばさらが道誉を指したものだ、と囁く輩もいた。そういう噂は、かえって道誉の京での存在を重くした。

道誉が甲良に城を築いたことで、最も動揺しているのが、本家の六角佐々木家だった。道誉が、佐々木一門の総帥になろうとしている、としか見えないのだろう。氏頼はまだ幼く、病床の時信には疑心暗鬼があるだけなのかもしれない。

道誉は、あえて弁明などしなかった。ただ、尊氏から持ちかけられた近江守護の恩賞話を、さりげなく蹴っただけである。

去年の暮から今年のはじめにかけて、尊氏に従ってきた武将たちの恩賞争いは、かなり激しいものだった。道誉は、その時も柏原の館にいて、争いには加わらなかった。尊氏が、どういう恩賞の沙汰をするかにだけ、興味を持っていた。後醍醐帝の親政が潰《つい》えたのも、結局は恩賞の沙汰を誤ったからだ。

六分の満足を与えるような沙汰を、尊氏は見事にやってのけた。六分の満足でも、公平だという印象を、武士の誰もが持ったのである。

道誉の所領も、かなり増えた。新しい所領の経営を、道誉は吉田厳覚と姫橋道円に命じた。厳覚は、その方面では家中第一の才を持っていたし、姫橋はこれからそれを身につけなければならなかった。

京極の館にも、手を入れた。

京では、京極の館と高橋屋、近江では甲良の城という生活が、ほぼ決まったものになりつつあった。

尊氏は、しばしば京極の館に姿を現わした。近習だけを連れている時もあれば、高師直を伴っている時もあった。

戦むきは尊氏、政事むきは弟の直義という分担も、建武式目制定後はいくらか変り、戦むきは高師直が担当し、尊氏は直義と師直の上にいる、というかたちになっていた。

尊氏の誘いは、大抵は野駈けである。

大きなところを決めてしまうと、あとは直義と師直に任せてしまうのだ。どこか、投げやりな感じがあった。

建武式目は制定されたものの、正式の幕府は開かれていない。尊氏が、征夷大将軍に就任して、はじめて正式の幕府となるのだ。尊氏の手で擁立した光明帝が、それを拒むはずもなかった。

野駈けは、時には従い、時には断った。断ると、尊氏は館で茶を飲んだだけで、あっさりと帰っていく。

このごろでは、道誉が馬借を集めていることに興味を示していた。

「山門と、まともにやり合おうとせぬところが、やはり狡猾なのだな。俺は、先の帝が山門に籠られた時、本気で焼討ちを考えた。ここで潰しておかなければ、いつまでも山門は厄介な存在だろうと思った」

比叡山延暦寺《えんりやくじ》は、京の背後の固めでもあった。比叡山全体が寺域で、そこにいる数千の衆徒は、そのまま兵力になった。近江は、山門との関わりが深い。山門と境を接しているだけでなく、寺領も数多くあった。近江を領する佐々木一門は、代々山門との関りで頭を痛めてきたのである。

「山門との争いは、おまえの方に一日の長があるな、道誉」

「争いなどと。手を拱《こまね》いていれば、近江は山門に押し潰されます。まず最初に困るのは、尊氏殿でござろう」

「確かにな。俺は、公家と坊主の相手はしたくない」

「そのあたりは、御舎弟に任せておられるのでは」

「なにかあると、俺のところに持ちこまれる。おまえが馬借を集めていることについても、いろいろと言ってきているようだ」

京は平穏を取り戻したとはいえ、まだ戦がすべて熄《や》んだわけではなかった。吉野の後醍醐帝は、飽くことなく軍勢督促をくり返しているし、北陸には新田義貞、そして陸奥には北畠顕家がいる。戦になると、山門の存在は平時とは較べものにならないほど大きくなる。

「どさくさの中で、荘園の押領もだいぶやったようだな」

「主なき荘園は、悪魔の巣となり申す。この道誉、ひとたびも押領したことはなく、悪党に糧を与えまいと、無理をして兵力を割いたのでございますぞ。捨てたものを、いまになって返せというのも、理不尽のきわみ」

「もうよい。小笠原貞宗が、先日伺候《しこう》してきたが、おまえには感謝していた。乏しい兵糧を分けて、信濃へ戻る力になってくれたとな。俺は、おまえのしたり顔を信じぬぞ。どこかで、周到な計算をしていると思う。足を掬《すく》われぬよう、気をつけているのだ」

「それにしては、よく野駈けに誘われますな」

「そのうち、馬から落ちぬかと思ってな」

そんな会話が交わされるのは、大抵が野駈けの帰りだった。野駈けのあと、尊氏は機嫌がいい。近習たちに軽口を叩いていることもある。

道誉は、一応引付方《ひきつけかた》の頭人《とうにん》ということになっていたが、あまり出仕はしていなかった。興味がなかったと言っていいだろう。それに、上にいる直義が、ひどくやりにくそうだった。何度か直義と膝を交えて語り、なるべく出仕しない、ということに決めたのだ。直義は、道誉が自分のためにそれを決めた、と思いこんでいる。めずらしく、礼を言われたのだ。

道誉は、尊氏には関心を持っていた。これから天下をどう動かしていくのか。あるいは、動かさないのか。

京では、権勢を持った武士が、わが世の春を謳歌している。片方では、吉野の後醍醐帝のもとに集まった武士との戦がある。そういうものを見て、尊氏は天下というものをなんとなくつまらなく感じはじめたのではないのか。そんな気もした。

高橋屋に、高師直が訪ねてきたのは、秋も深まってからだった。

京で、権勢第一と言われるようになった男だった。尊氏の代理で武士をまとめていて、融通のきかぬ直義より、師直におもねる輩が増えたという。乱暴なもの言いのせいか、公家などには嫌われていたが、再び武士の世となると逆にそれがもてはやされた。足利家の執事という立場を忘れて図に乗っている、という陰口もあるが、そればかりの男ではなかった。

尊氏が一敗地にまみれて九州に落ち、再挙して上洛するまで、最も頼りにしたのは、直義ではなくこの男だろう。

山名時氏《やまなときうじ》など、尊氏が北条に叛した時から、常にともに戦場にあったとうそぶき、肩で風を切って歩いているが、いまはもう領地を増やすことしか頭にないと思える。そういう武士とは、負っているものの大きさも違った。

「師直殿が、それがしごときに、なんの御用であろうかのう」

対座した時から、師直は道誉の顔に眼を据えていた。

「それがしも、ばさらと言われるようになりましてな。佐々木道誉殿に、ばさらの道の教えでも乞おうかと思いまして」

「道がないから、ばさらでござるよ」

軽くかわし、道誉は酒を命じた。師直の欠点は、好色だと言う者もいるが、道誉は酒癖だと思っていた。好色など、美徳と言ってもよく、衆道好みの尊氏にその美徳はない。

「祇園社が、気に入られているようですな」

「京極の館では、家人どもがうるさいことを申します。ここならば、気ままに笛など吹いて過ごせますし」

「道誉殿が、亡き大塔宮を笛で送られたのが、もう昔のことのような気がします。あれは、番場でございましたな」

笛で送ったのではなく、犬王の唄で送ったのだ。師直にも、その唄を聴かせてみたらどうだろうか、とふと思った。

酒が運ばれてきた。

「ところで、陸奥の北畠顕家殿が、霊山《りょうぜん》を進発したそうです」

「なるほど」

師直の用件がなんなのか、道誉はようやく察しがついた。尊氏の意を受けてきたのか、自分の判断で来たのかは、まだ読めない。

「鎌倉の留守居は、斯波家長殿ではありませんか」

「鎌倉で止められればよし。しかし」

東海道には、石塔《いしどう》、今川と有力な足利一門がいる。先年の急追のようなわけにはいくはずもない、と誰もが考えていた。

「北陸と陸奥の軍勢が」

「合流するとしたら、近江か」

「さすがに、よく見ておられる、道誉殿」

尊氏にとって、最も怕いのはそれだろう。新田義貞と北畠顕家の連合軍。九州へ落ちなければならなかった悪夢が再び、ということになる。

「師直殿は、北畠軍は近江に達すると考えておられるのか」

「多分」

「それで、それがしになにをせよと？」

「止めていただきたいのです」

「足利一門にできぬものを。近江は、京への道。通りたい者は黙って通す。それが近江で生き延びる唯一の方法でござるよ」

「それも、わかっております」

「この道誉に、死ねと？」

「まさか」

師直は、続けざまに酒を呷《あお》った。尊氏の意を受けたのではない、と道誉は思った。師直は考え抜いている。決戦の場を、京からできるかぎり離したいのだ。

「それがしが、地の利を生かして北畠軍をしばし止めたとする。北陸から新田軍がやってくると、腹背に敵を受ける。戦としては、上手なやり方ではありませんな」

「まさしく」

師直は、酒を飲み続けていた。

「伊吹山に、悪党を集めていただけませんか。かつて、六波羅探題の一行を追いつめたように」

「悪党は、命じて集まるものではござるまい」

「それを、集めていただきたい。顕家卿が、突破はまずいと考えるような態勢を、伊吹山に作っていただきたい。それでも突破しようとしてきたら、突破させても構いません。これは、賭けでござる。伊勢には北畠親房卿がいる。さらに吉野には」

「垂井《たるい》あたりから、南へ転進させたいと？」

頷き、師直は酒を注ごうとした。もうなかった。道誉は手を叩き、酒を命じた。

気づくと、庭に立った犬王が、こちらにじっと視線をむけていた。暗いというより、諦めきったような眼の色である。師直も、犬王に眼をむけていた。師直の手が、とっさに脇差の柄《つか》を握った。

それから、師直はかすかに首を振った。

「いかん。酔ったのかもしれぬ」

「これぐらいの酒で、まさか師直殿が」

「あの童は、まだ庭におりますか？」

道誉が答える前に、えいが酒を運んできた。

「おえい、犬王をこれへ」

「これは、無調法をいたしました。お許しくださいませ」

庭を見て、えいは畳に手をついた。

「いいから、犬王をこれへ」

「道誉殿」

道誉は、庭の犬王に手招きをした。無表情に、犬王が縁へあがってくる。

「犬王、お詫びを」

えいが言っても、犬王は立ったままだった。師直が、犬王を見、それから息を吐《つ》いた。

「こうして見ると、ただの童だ。さっきは、なにか不吉なものでも立っているように見えた。いや、失礼つかまつった」

「なんの。犬王と申す童で、人の心の淵に穴を穿つような唄をうたいます」

「その穴から、なにがこぼれるのです？」

「絶望とでも申しましょうかな。聴かれてみれば、よくわかる」

「いや」

師直は、新しい酒に手をのばした。

「やめておきましょう。また、刀に手をかけるような無様はしたくない」

「近江路で拾いましてな。近江というのは、不思議な国なのですよ。いきなり、野伏りが地から湧いたり、うたうことしか知らぬ童が落ちていたりする」

道誉は、笑い声をあげた。

「それで、伊吹山の悪党を、どれほど御入用なのです、師直殿は？」

「三万」

さすがに、師直が乱れたのは束の間だった。

えいが、慌てたように平伏し、犬王を抱くようにして退がった。

「はじめから、負けておられるな、師直殿」

「いや、勝とうと思っております。勝つか、この師直の死か」

「ほう」

師直は、尊氏を顕家とぶつからせたくないと思っているのだろう。尊氏なら、顕家に敗れる。道誉も、そんな気がした。武将としての力量の違いなどではなく、なにかわけのわからない力が働きそうな予感がある。

「北畠軍が、もし美濃まで達するようなら、これは勝ちに乗っております。いかなる大軍でも、阻止は難しい。顕家卿の心に、なにか別の影が落ちなければ」

「それが、悪党ですか」

「新田軍と北畠軍の合流など、どうでもいいのです。わが殿は、口には出さなくても、それを恐れておられます。しかし、新田などものの数ではない。それがしが怕いのは、北畠軍の、わけのわからぬ妖気のようなものです。先年は、神業《かみわざ》としか思えぬ進撃の速さに、その妖気があった。今度は、あのような進撃はできますまい。どこに妖気が現われるかわからぬのです」

　それで、北畠軍の進路を変える。忍びを放って、伊吹山中に三万の悪党が集結していることを知れば、北畠顕家は意表を衝かれたような気分になるだろう。ましてそれが自分に敵対していることを知れば、不吉な思いに駆られるかもしれない。そして、南へ転進する。

　師直は、緻密だった。そこで三万の軍勢では、北畠顕家にとってはなんでもない敵にすぎない。蹴散らせばいいだけのことだ。しかし悪党となると、複雑な思いが入ってくるはずだった。北条の幕府を倒したひとつの力は、悪党だったのだ。後醍醐帝も大塔宮も、一時は悪党に支えられていた。楠木正成が、金剛山で幕府の大軍を長期間ひきつけていられたのも、悪党の力があったからだった。

「しかし、三万か」

「なんとか、お願いしたい、道誉殿」

「やれると、約束はできぬ」

「試みてはいただけるのですな」

「試みるだけは」

黙って、師直が頭を下げた。

2

雪が降っていた。

すでに、三日山中を歩いている。一行は四人だった。姫橋道円と羽山忠信。それに一忠が加わっていた。

北畠顕家の軍は、斯波家長を討ち、鎌倉を陥とした。

急がなければならない。姫橋が一度大和山中に入り、寺田太郎坊《てらだたろうぼう》と話をして戻ってきた。

三万の悪党を集められるとなると、その男しかいないと姫橋は判断したのである。

かつては播磨に寺田法念《ほうねん》という悪党がいた。六波羅探題と互角に渡り合い、ついには滅ぼされたが、都鄙《とひ》名誉の悪党として、いまだに語り継がれている。太郎坊は、その伜であるという話だった。

蜂助も黒夜叉も、連れてこなかった。忍びの働くところではないと、姫橋が断言したのである。一忠が、付いてくると言った。旅で、太郎坊に会ったことがあり、懐しいというのだ。好きにさせた。道誉などより、はるかに旅には馴れている。

道が分かれていた。そこで姫橋が立ち止まり、ふり返った。雪は、まだ積もるほどではない。その雪を、姫橋は掌を差し出して受けていた。

「なぜ進まん、姫橋？」

「道が、わからなくなりました」

「なんと。おまえは、数日前にここを通ったのではないのか」

「その時と、道が変っているのです。進むより、ここで待った方がよいと思います」

「道が変るというようなことが」

「人がそうすれば、あります。うっかり踏みこむと、迷ってどこへも出られなくなるのです。お気持はわかりますが、ここで待つしかありませんぞ、殿」

「急いではいるが、無理をする気はない。忠信。薪を集めよ。焚き火をして暖を取ろう」

「なに、どこからか見ていますよ。そんなものです。誰もいないと思う山中で、野糞を垂れたことがありましてな。それから一里ほど歩くと、山の民に出会いました。一忠は、ずいぶんと太い糞を垂れる、と嗤われました」

「一忠の野糞か。あまり見たくはないな」

忠信が、姫橋と二人で薪を集め、火を燃やした。大木の梢の下にいれば、雪はほとんど躰に降りかからない。

「一忠は、陸奥にも行ったであろうな」

「それはもう」

「荒涼としたところだ、という話だが」

「美しいところでございます。ただ、白河《しらかわ》を越えると、この国ではありませぬな。武士が入ってはおりますが、まるで客のようなもので」

「客か。いまのわしも、そんなものか」

「まあ、悪い客ではありますまい。なにかを奪おうというのではないのですから」

「時々思うのだが、陸奥の先には、なにがある？」

「海が。それを渡ると、奥蝦夷《おくえぞ》とでも申しましょうか。限りなく広い土地が」

「渡ったのか？」

「いいえ。津軽で、渡った者の話を聞いたのです。陸奥よりはるかに広く、人は少なく、樹々に包まれているそうです」

「その奥蝦夷の先は？」

「さあ。またなにかあるのでございましょうなあ」

「人の生涯で、行ける場所は限られているということだな」

「土地を旅するのではありませんぞ、道誉様。人の心を旅するのです。だから、行けると思えば、無限の彼方までも。人の心には、限りがありませんから」

「一忠はよいな」

「なにがでございます？」

「舞を持っている。唄も」

「道誉様とて、笛をお持ちではありませんか」

「人の心までは、動かせぬ拙い笛だ」

「巧拙で、人の心は動きませせぬ。おや、わかっておいでなのに、照れてそう言われましたか」

道誉と一忠は、毛皮を敷いて腰を降ろしていた。瓢《ふくべ》に持ってきた酒も、きのうでなくなっている。道誉は、細い枝で火を掻き回した。そうすると、炎が大きくなる。

「参りました、殿」

　姫橋が言った。

　山の中から、人が湧き出してきた。五、六十人はいるだろうか。姿が見えるまで、いることにも気づかなかった。首領らしい男が、ゆっくりと歩み寄ってくる。さすがに忠信が道誉を庇うように立った。

「一忠ではないか」

「おうよ、太郎坊」

「なにをしに来た。おまえがいるなどとは、思ってもいなかった」

「なんとなくよ」

「いつも、一忠はなんとなくだな」

　髭に覆われた顔が、束の間笑った。

「三人で来ると言ったのに、四人だったのでひとり打ち殺そうかと思ったぞ、姫橋。一忠を伴うなら、そう言えばよいものを」

「一忠殿は、たまたまついてこられただけだ。俺は三人のつもりで」

「うるさい」

　姫橋を一喝し、太郎坊は道誉に眼をむけた。

「おまえが、佐々木道誉か」

「おまえが、寺田太郎坊という悪党か」

「俺に、三万の悪党を呼び集めさせようという目論見は、なんだ？」

「ある男に、見栄を張りたいのだ」

「なんだと。見栄だと」

「悪いか。男というのは、見栄を張ることで生きることもある」

「悪くはないが、おまえは大名ではないか」

「ほう、俺を知っているか」

「知って、どうなるものでもない男だと思うが、姫橋を武士にしてしまった。どんな男か、見てみたくなってな」

「俺は、悪党など見たくもないのだが」

「はっきり言うな。俺も、大名など見たくもないわ」

「三万、集めてくれ。伊吹山だ」

「たやすく集められる数ではない。それに大名の遊びの道具にするな。見栄を張りたいだと。それなら、もっとちゃんと頼め」

「頼めば、集めてくれるか」

「おまえが頼む姿を見てからよ」

「つまらぬな。都鄙名誉の悪党の伜だというから、もっとましな男かと思った」

「こんな男だから、悪党をやっておるのさ」

太郎坊が、にやりと笑った。挑発しても、乗る気はなさそうだった。

「集めたら、なにをくれる。断っておくが、せせこましい領地とか、官位とか、そんなものはいらんぞ。反吐《へど》が出る」

「銭を出そう」

「ほう、どれぐらい」

「数えたことがないので、わからぬ。まあ、倉ひとつに入っている銭だ」

「おまえ、見かけ通りの狸だな。倉にも、大きい小さいがあるわ」

「そこに入っている銭が、近江一国分の年貢を購《あがな》えるほどだ、と考えてよい」

姫橋も忠信も、驚いた顔をしていた。一忠は、多分笑っているだろう。

「なんと言った。近江一国分の年貢を購えるだと」

「不満か？」

「おまえの嘘が、不満だな」

道誉は、黙って太刀を抜き放った。

「なんだ、俺を斬れると思っているのか。俺が片手を挙げれば、おまえの躰には十本の矢が突き立っているぞ」

「斬れる斬れないが問題ではない。小悪党の太郎坊よ、俺が嘘を申したと言ったな。それは許せぬぞ。男が、ここまで頼みに来たのだ。見栄を張りたいだけだと、本心も語った。それを、おまえは嘘と言った」

「待て。近江一国分の年貢と、本気で言ったのか?」

「当たり前だ」

「ふむ」

太郎坊は、刀を突きつけられているのも忘れたように、考える表情をした。

「考えさせてくれぬか」

しばらくして、呟くように言う。

「時がない。いつまでに返事をくれる」

「明日の朝」

「よかろう。待とうではないか」

「ここから半里ほど行ったところに、湯が湧き出ているところがある。小屋もあるし、食い物もある。そこで、待ってくれ。手下に案内させる」

それだけ言うと、太郎坊はまだ考える表情をしたまま、踵《きびす》を返して森の中に消えた。

手下のひとりが火を消し、一行を案内していった。

確かに、半里ほどのところに小屋があり、そのそばの岩のくぼみからは、湯気があがっていた。

「これはよい。おまえも来い」

言って、道誉は着物を脱ぎ、湯に入った。一忠も入ってくる。雪は降り続いていた。

「ほう、下の石の間から湧いてきておりますな。湯加減などもちょうどよい」

湯は透明で、足もとから湧き、岩の間を流れてどこかへ消えていた。

「一忠は、いろいろな湯に入ったであろうな。この国に、地から湧く湯は多くあると聞いたぞ」

「それはもう。深山、海岸、川の縁と、さまざまでございました。大抵は、躰が暖まって、いつまでも汗がひかなくなるのでございますよ。色や匂いもさまざまで、有馬《ありま》の赤土のような色をした湯もございました」

夕刻が近づいているのだろうが、雲が厚く、陽の光は見えない。次第に、風景が黒ずんできただけである。

忠信と姫橋が、焚火でなにか焼いていていた。

「兎でございますな」

匂いでわかるのか、一忠が言った。湯を出ると、焚火の上で枝に刺し貫いた兎を回すのを、忠信と代った。一忠は姫橋と代る。二人とも、すぐに湯に飛びこんだ。

兎の肉は、表面は焼けているが、まだ中には火が通っていない。兎の姿そのままで、皮を剝ぎ、内臓がとってあるだけである。表面に浮き出た脂が火の中に落ちると、音がして炎が大きくなった。

「どれ、道誉様、私が」

一忠が、道誉と代った。陽が落ちて、暗くなっていた。躰は、まだ汗が吹き出すほどに熱い。

「これで、酒があれば言うことはないのう」

「ないからいいのですよ、道誉様。山中で得た食い物が、焼けるのをじっと待つ。それしかない、という経験を、道誉様はあまり御存知ではない」

「そうだな。ひとりでは、山も歩けぬ男よ」

兎の肉が焼きあがるのには、まだ時がかかりそうだった。道誉は、闇にむかって立ち、笛を口に当てた。闇が、ふるえはじめる。雪がいくらか多くなり、葉や草の上は仄《ほの》白い。

いつの間にか、一忠がそばに来ていた。道誉は、笛を吹き続けた。闇の中から、誰かが自分を呼んでいるような気がした。

「殿、焼きあがりましたぞ」

忠信の声がした。姫橋が、兎を四つに切り分けていた。

「ほう、これは」

うまそうな匂いだった。塩をふりかける。一忠が、雪を集めてきて、石の上に置いた。

道誉は、肉に食らいついた。歯ごたえがあり、味が口の中に拡がった。同じ歯ごたえがあるものでも、鮑などとはまるで違う。脂がしつこくなれば、雪をひとつまみ口に入れるだけでよかった。

わずかに肉のついた骨を、姫橋がまた火で炙《あぶ》りはじめた。道誉も、それを真似た。骨の中から、汁が滲み出してくるようだった。口に入れると、肉は骨からすぐに剝がれた。骨だけを吸うと、やわらかな舌ざわりのものがわずかに出てきた。肉とはまた、いくらか味が違う。

「うまいのう、これは」

姫橋が、兎の頭を二つに割り、道誉と一忠に差し出した。

「おう、ありがたい」

一忠が取る。頭の半分を口に入れ、音をたてて吸いはじめる。道誉も同じようにした。

やわらかで、舌を融かすような味が口に拡がり、道誉は思わず眼を閉じた。いつまでも吸い続けていたいと思ったが、やがて味は薄くなり、骨だけになった。

炎に照らされた三人の顔の、口のまわりだけが脂でてらてらと光っていた。

「人ではないな。けものじゃわ。四頭のけものか」

「人でないことが、さも嬉しいように聞えますぞ、殿」

「人でなくなれたら、無常などということもなくなるのであろうな。それもまた、悲しい気がするが」

「人なるがゆえに、考えることですな、それは。舞も唄も、人なるがゆえにあるもの。その舞や唄が、人ではなくけものになりたいと言ったりするのです」

「言わずもがなのことを、一忠」

「そうでございますな。私も、いささか高ぶっております」

声をあげて、一忠が笑った。

「この旅は、もうよい。兎の肉を食らえただけでも、出かけてきた甲斐があった」

「倉ひとつの銭というのは、殿」

姫橋が、冷静な顔で言った。

「何十貫で話がつくか、と俺は思っておりました。太郎坊も、それを交渉するつもりだったと思います。倉ひとつでは何百貫どころか、何千貫にもなります」

「よいではないか。佐々木道誉が頼むことだ。わずかな銭での頼み事などせぬ。それに、太郎坊は、いつか何千貫分かの働きをわしのためにしようと思うかもしれぬ」

「そこまでお考えなら」

いつの間にか、雪がやんでいた。

小屋の中には、藁《わら》があるようだった。姫橋と忠信が、もぐりこんで二人分の寝床を作った。

「それがしと姫橋は、火の番をいたします。殿も一忠殿も、お休みくださいますよう」

「そうか。心地よく眠くなってきたところだった」

道誉は、藁の寝床の中に入った。懐しい匂いがする、と思った。その懐しさがなんなのか見きわめる前に、道誉は眠りに落ちた。

人の気配で、眼醒めた。まだ薄暗いが、晴れた日のようだ。

小屋の外に出ると、十数名の若者を連れた太郎坊が待っていた。

「伊吹山中に、三万。集めてみることにした。大和、伊賀《いが》はもとより、若狭、丹波、丹後《たんご》、播磨からも、集める。しかし、三万に達するかどうか、約束はできぬ」

「それはよい。できるだけ多く集めてくれればな」

「そうはいかぬ。頼まれているのは、この寺田太郎坊だ」

「頼んでいるのは、この佐々木道誉」

「三万に達すれば、倉ひとつ分の銭を貰う。達しなければ、百貫でよい」

「わかった。好きにしろ」

「どうやって、三万と数える?」

「頼まれているのは、寺田太郎坊であろう。その言やよし。太郎坊が三万と言えば、三万だ」

「戦は、しなくてよいのだな?」

「よい。北畠軍が、北近江に入ろうとすれば、入れてよい。しかし、女子供がいても困る。戦をする構えだけは、見せてくれ」

「わかった。倉ひとつの銭。忘れるなよ、佐々木道誉」

太郎坊が、森の中に駈けこんでいった。

「さあ、殿。速やかに甲良に戻っていただかねば」

忠信が言った。

「一忠はどうした?」

「一忠殿は、ここの湯が気に入られたようです。近くの村で、しばらく暮していくと」

「よいのう、あいつは」

「殿は、帰られなければなりませんぞ」

「わかっておる」

「それから、太郎坊が伝えてくれと申しておりました。笛に、聴き惚れたと」

「そうか。わしの笛を聴いていたか」

自分で言わなかったのは、あの男にもなにがしかの照れがあったからなのか。

道誉は、姫橋が差し出してきた、新しい草鞋《わらじ》を履いた。

3

師直が、妖気と言った意味がよくわかった。

正月二日に鎌倉を進発した北畠軍は、二十日には美濃を駈けていた。十数万の大軍にふくれあがっている。途中、駿河で石塔、遠江で今川、三河で高一族の迎撃を打ち破り、追撃を振りきっての行軍だと考えれば、やはり驚くべき速さだった。

先年の、陸奥多賀《たが》城からの鬼神のごとき急追を、誰もが思い浮かべていた。

幕府からは、まず高師冬《もろふゆ》が美濃に入り、それを追うように高師泰、細川頼之《よりゆき》の軍勢が続いた。美濃の守護土岐頼遠は、全軍を挙げての決死の構えである。

道誉は、番場に陣を構えた。七千ほどで、北陸路からの新田義貞の進撃にも、美濃路からの北畠顕家にも備えた構えである。

佐々木一門が全軍を挙げ、本陣には道誉とまだ幼さの残る氏頼が並んだ。本陣の大将の位置に氏頼がいることで、本家の家人たちも安心した様子だった。いまなら、道誉が従えと言えば、従わざるを得ないだろう。

師直は、出陣していなかった。

尊氏は、具足をつけて軍議に出ているという。すぐにも出陣する構えだが、恐怖のためにそうしているようにも思えた。九州の時のように、離れて見ていても感じられる輝きがない。

近江の地侍たちは、成行を見守っているようだった。北畠軍が近江に入れば、雪崩を打ってそちらへ靡《なび》くだろう。地侍とはそういうものだが、ここ数年で道誉はそれをかなりとりこんでいる。

「もっか、伊吹山中に約三千の山の民が集まっております」

二十四日の夜に、黒夜叉が報告に来た。

「その三千は、なにかを作るように、忙《せわ》しく立ち働いております。戦をするわけでもないのに、土塁のようなものを築いている者もおります」

あと二日か三日。それで高師冬の指揮する迎撃軍と、北畠軍の先鋒はぶつかるはずだった。これまでの戦からも見られる通り、ぶつかれば一気に決戦である。戦に何日もかかるということはないだろう。

三千でもよしとするか、と道誉は思った。いくらかは、北畠顕家の警戒心を刺激するだろう。三万などと、一国を領している大名でさえ、集められる人数ではなかった。

二十五日も、様子は変らなかった。

黒夜叉が飛びこんできたのは、二十六日の夜である。

「得物《えもの》を手にした山の民が、続々と集まりはじめております。どこにいたのか、さながら山から湧き出たようでございます。男ばかりで、具足をつけたり、甲を被ったりしている者もおります。夥《おびただ》しい数というだけで、いまのところ人数は」

「そうか、先乗りの三千は」

三万が、何日か山で暮せる準備をしていたのだろう。寺田太郎坊も、やるものだった。

二十七日は、何事もなく過ぎた。伊吹山中の人数は、三万を軽く超えたようだ。それでもまだ、集まり続けているという。

二十八日に、美濃青野原で、両軍がぶつかった。すぐに、激戦の注進が入ってきた。二刻のぶつかり合いで、防衛線は突破されていた。

北畠顕家は、二十一歳になったばかりである。どういう若者なのだ、と道誉は思った。先年の追撃まで、武勇よりもむしろ学識をうたわれていた。

一度、ぶつかってみたい。そう思った。躰がふるえてくる。こんな思いは、かつてないことだった。近江へ来い、と道誉は心の中で呟き続けた。

一度破られた防衛線を、幕府軍はなんとか立て直していたが、すでに一度負けた軍勢であり、兵力もわずかなものだった。

それでも、北畠軍は垂井まで退がった。そこで軍勢を整え直し、一気に近江に入る。そうも見えたが、動かなかった。忍びや物見を、頻繁に放っているのだろう。

伊吹山中に溢れかえっている数万の悪党が、北畠顕家の心に大きく影を落としているのが、道誉にはよくわかった。それでも、心の中では近江へ来いと叫んでいた。

稀代の武将である。生涯に、これほどの男と出会うことはないだろう。師直の依頼を受けたことを、道誉は束の間後悔した。

夕刻まで、北畠軍は動かなかった。

「南へ」

黒夜叉が駈けこんで来て言った。

「垂井から南へ、伊勢《いせ》路をとっているように思えます」

次の注進で、それは確かなものになった。

なにかが、暗転したと道誉は思った。北畠顕家が放つ輝きが、なぜかはかないものに思えてきた。これが、戦だった。伊勢路へ転進したことは、戦術としては間違いはない。伊吹山の数万が、襲ってくるかどうかなど、北畠顕家にはわかりはしないのだ。しかし、京を目前にした転進だった。

「氏頼殿、陣払いを命じなされい。近江で、戦は起きぬ」

本陣へ行き、道誉は言った。氏頼は、心底からほっとしたような表情をした。

「明日の朝、柏原城へ受け取りに来い、と太郎坊に伝えてきてくれ」

姫橋を呼んで言った。陣払いは、すでにはじまっている。

道誉は、百名ほどの供回りだけを従えて、柏原城にむけて駈けた。夜の道だが、踏み迷うことはない。幼いころから、駈け馴れた道だった。

翌早朝、柏原城の城門の外に、二百名ほどの悪党が集まってきた。

道誉は、城門を開かせた。太郎坊が、三名ほどを連れて、緊張した表情で入ってきた。

道誉は、床几を二つ出させた。

「太郎坊、まあ掛けろ」

「三万以上、集まった。なんの働きもしなかったが、みんな戦の準備をして、山の中で待ち続けた。約束の銭は払ってくれるな」

「そんなもの、おまえの手下に運ばせろ」

「見せてくれ。俺は、銭の話を山の民の長《おさ》たちにした。信じない者もいた。それでも、三万以上集まった」

「銭倉《ぜにぐら》を開けてやれ」

そばにいた神保俊氏に、道誉は言った。俊氏が苦心して集めた銭は、三つの蔵で一杯になっていた。そのひとつを悪党にやると言っても、俊氏は反対をせず、笑って頷いた。

俊氏が案内し、太郎坊が蔵へ入っていった。

しばらくして、太郎坊が道誉の前に来た。蔵を指さし、顔を強張《こわば》らせている。どれぐらいの量があるのかは、俊氏から教えられたはずだ。

「太郎坊、粥を食っていけ。銭など、手下に運び出させればよかろう」

「運んでも、よいのか？」

「口ほどにもない、気の小さな男だな。あれぐらいの銭で強がりを忘れるとは、都鄙名誉の悪党の伜の名が泣くぞ」

太郎坊は、連れてきた三名になにか命じた。三名が外へ駈け出し、しばらくして二百人が列を作って入ってきた。先頭の老人が、道誉に深々と頭を下げる。悪党たちの統制はとれていて、決して列を乱すことはなく、静かに銭を運びはじめた。

粥が運ばれてきた。

「悪党が、戦で稼げる時代ではなくなった。といって、なにかをはじめるためには、銭がない。あの銭で、救われる者が多く出ます」

「殊勝なことを言うではないか。太郎坊らしくもない。さあ、粥を食え」

「なにゆえ、粥を振舞ってくださいます？」

「兎と湯の返礼じゃ。いい湯であったし、兎は格別うまかった」

太郎坊は、おずおずと床几に腰を降ろした。粥に手をのばす。

「佐々木様の前で、小さくなっていても仕方がないな。頂戴いたす」

「そうだ、おまえらしくやれ。人は、そうやって生きるものだ。まして、おまえは悪党ではないか。主もなく、領地もない。思うさまに生きればよいのだ」

髭の中から、白い歯が覗いた。

太郎坊が、勢いよく粥を啜った。琵琶湖の小魚を、甘辛く煮たものも、うまそうに食った。

「物見が、何度も仕掛けて参りました。忍びもかなりの数が近づいてきました。そのたびに、われらは得物を振りかざしたり、物見を引き回したりしました」

道誉は頷いた。北畠顕家は、探るだけ探ったのだ。そして、伊吹山中の悪党が、闘う意志を持っていると判断した。道誉が騙したということになるのか。騙された顕家が、若いということなのか。

「これからは、佐々木様を友と思うことにします。そのお許しを乞うなどということはしません。俺が、勝手にそう思うだけのことです」

太郎坊が、床几から腰をあげた。銭は、ほぼ運び終えたようだ。

「悪党で役に立つことがあれば、いつでも言ってくだされい。銭などは要りません」

「ほう、悪党が銭なしで動くか」

「友のためならば。それが男子というものでござろう。俺は、こんな城にはじめて入りました。大名と呼ばれる人にも、はじめて会いました。しかし、そういう身分の高い人に会った、とは思わないことにします」

「それでよい」

「おさらば。時には、俺のことも思い出してください、佐々木様」

言うと、太郎坊は城外へ駈け出していった。

「いい男と、会わせてくれたな、姫橋」

「恐れ入ります」

「おまえは、もの言いも武士らしくなってきた。しかし、悪党の心も忘れぬことだ。最も男らしく生きている。それが悪党だという気がせぬでもない」

「殿も、どこか悪党であられます」

「そうか」

道誉は、空を見あげた。すでに、陽は高くなっている。北畠顕家は、どんな思いで伊勢路を進んでいるのか。ふと思った。吉野の、後醍醐帝のもとに伺候するのか。それに、どんな意味があるのか。

「甲良へ帰るぞ、姫橋」

馬が曳かれてきた。

柏原城から甲良まで、およそ十里。昼餉《ひるげ》は甲良の城でとれる、と道誉は思った。

それからも、道誉は北畠軍の動きから眼を離さなかった。黒夜叉を付けたのである。

毎日のように、黒夜叉の手の者から注進が入った。やはり、北畠軍はどこか動きに精彩を欠いていた。京を目前にした迂回が、微妙に影響しはじめている。

伊勢から伊賀越えで奈良にはいった北畠軍は、北上して京を衝こうとした。満を持していた高師直が、大軍を率いて迎え撃ち、はじめて北畠軍を破った。北畠顕家は河内で再挙し、善戦をしたが、やがて和泉まで押された。

　和泉石津のぶつかり合いが、最後の戦となった。五月二十二日になっていた。

　ついに、尊氏は再び北畠顕家と闘うことはなかった。

　その間に、道誉は近江守護職に正式に補任《ぶにん》されていた。どうでもいい、という思いが強かった。近江は、実質的には自分が支配しているのだ。それは守護であろうとなかろうと、同じことだった。本家の氏頼が長じて力をつければ、氏頼が近江を支配するということになるだろう。守護もまた、氏頼が補任されればいい。

　守護になったというだけで、幕府に出仕しなければならないことが多くなった。自然、甲良より京極の館や高橋屋にいることが多くなる。当然のように、尊氏は野駈けの誘いにきたが、道誉は応じなかった。

　出仕する時も百名の供回りを付け、高橋屋へ戻る時は、朱と黄の直垂で馬に乗り、暑い日は片肌を脱ぎ、長い柄の付いた傘を小者に持たせて陽をよけた。

　建武式目で禁じたばさらである、と陰口を叩く者が多いことは知っていたが、正面からは誰もなにも言わなかった。尊氏が禁じたばさらは、このようなものではない。武士がそれぞれの価値観で動くのではなく、幕府の意志のもとに動けということだった。

　京は、暑い日が続いていた。

七月には、新田義貞が、越前《えちぜん》で死んだ。

侍所《さむらいどころ》に出仕するのも面白いものではなく、暑気あたりを理由に休み、高橋屋と京極の館を往復することが多くなった。

久しぶりに侍所に顔を出した日、塩冶高貞と会った。本来は佐々木姓で、佐々木一門である。竹下の戦の折、新田の軍勢の中から寝返って、尊氏を勝ちに導いた男だ。寝返りも、京であらかじめ道誉と示し合わせたものだった。ひとりで寝返るほど、ふてぶてしい男ではなく、生真面目と言ってもいいほどだった。その生真面目さが、道誉には息苦しくしか感じられなかった。

山名時氏もいて、話は盛りあがっているようだったが、高貞は救いを求めるような眼を道誉にむけてきた。ほかにも、守護が五名ほど集まっている。

近くに座り、話を聞いていて、高貞の眼の意味が理解できた。山名時氏は、寝返りの卑劣さについて、皮肉な口調で語っているのだった。はじめから尊氏について動かなかった男だ。九州へも、ともに落ちた。

高貞が寝返った時と、いまとは違う。尊氏の行為そのものが、逆賊のものだったのだ。寝返るにも、それなりの覚悟が必要だった。

しかし、いつから武士が公家のような真似をするようになったのだ、と道誉は思った。

人が集まると、必ずどこからか腐臭がしはじめる。

「この道誉など、何度寝返ったかわからぬが、悪いことをしたとは思っておらぬ。山名殿は、それがしのことを言われているのですかな？」

見かねて、道誉は助け舟を出した。

「いや、誰が悪いとか、そういうことではなく、寝返りについて語っただけで」

「ならば、尊氏殿に聞かせてやればよい。あのお方は、北条から寝返って天下を摑まれた。なんと言われるであろうな」

「佐々木殿。いかに佐々木殿とて、言っていいことと悪いことがある」

「真を申し述べただけよ。どこが違う」

「いやしくも、将軍家に対し」

「まだ将軍ではなかろう」

「将軍になられたも同じだ」

「ふん。山名家と言えば、新田の流れではないか。その新田義貞は、越前で野垂死んだぞ。はじめから、新田を寝返って足利についた者が、寝返りの非をあげつらおうというのか」

山名時氏が、顔色を変えた。侍所は、しんとして、ほかの守護もただ成行を見守っている。山名時氏は、山陰の数カ国を領することになった、大大名である。

「おやめくだされい、道誉殿」

高貞が憐れな声を出した。時氏は横をむいている。

「佐々木殿は、将軍が寝返ったと申されたな。確かに申されたな」

「ああ、言った。わしは寝返りが悪いことだとは思っておらぬ。だから、悪いことをしたとは言っておらん」

「佐々木道誉とは、もっとまっとうな武士かと思っていた」

「武士に、まっとうもくそもあるか。人を殺してここまで生きてきた。それだけのことであろう」

時氏が横をむいた。

「侍所でこのような話がなされるとは、戦の少ない、いい時代になったということでござろうな」

取り繕うように、誰かが言った。道誉も横をむき、扇を使いはじめた。山名時氏は、昔から好きではなかった。

高師直が入ってきたので、全員が居住いを正した。時氏も、愛想笑いを浮かべている。

道誉は、横をむいたまま扇を使い続けた。公式の集まりではない。侍所に守護が何人かやってきていて、雑談をしているだけだ。

「佐々木殿、どうなされました。御機嫌がお悪いようだが」

「それがしは、こういう蒸暑いところが苦手でしてな」

「ほう、ならば野駈けでもされればよいものを」

「野駈けも、相手によるのでござるよ」

師直が笑いはじめた。

「たまには、殿にも付き合ってくださいますように。このところ佐々木殿に振られ続けだと、淋しい顔をされておりますぞ」

「この道誉、意趣返しをしておりましてな、いま」

「わが殿に？」

「左様。いやだというのに、無理矢理それがしを近江守護にされた。近江守護を召しあげてくださるまで、野駈けのお供はいたさぬ所存。そのように、将軍に申しあげてくだされい」

「それは、佐々木殿から。恐しくて、それがしにはそのような言上はできかねます」

師直の、道誉に対する言葉遣いは、昔から丁寧だった。ほかの者に対してもそうだという気がするが、威圧されると感じる者もいるらしい。

「高師直殿に、たってお願い申しあげる。それがしは、もう五カ月近く守護をやっているのですぞ」

誰もが守護になりたがる。そういう時代だった。道誉には、どうでもいいことだ。

「佐々木殿あっての近江ですぞ。それをお忘れなく」

酒が運ばれてきた。守護が何名か集まった時は、酒が出ることになったらしい。

いつの間にか、場がなごんでいた。

師直が、それとなく人の心を引き立てているのだった。

4

尊氏は、ひとりで過す時をあまり持たなくなった。

ひとりでいると、さまざまなことを考えすぎるのである。空想癖とも、どこか違った。考えることのほとんどは、現実からはじまっている。直義が、なにか言う。師直が誰かを連れてくる。嘆虫が、情報を持ってくる。

ひとりになると、それについて考えはじめ、関係のない人間たちまでそれに絡んで出てきて、どこまでが現実か束の間わからなくなり、それからすべてがどうでもよくなってしまうのだった。

なさねばならぬことは、多くあった。しかし、絶対に尊氏がなさねばならぬことでもなかった。師直が山ほどの証文などを持ってきて、尊氏はそれに花押を入れる。師直の説明を聞いて頷くのだが、ほとんど聞いていないこともあった。花押を入れることなど、師直でいいと思ったりする。師直で駄目なら、直義でいいではないか。

現実というものが、尊氏は嫌いだった。幼いころから、それが自分にのしかかっていた。

幕府の有力御家人として、北条高時に仕えていたころは、たえず家の安泰を考えなければならなかった。それは現実そのもので、一歩誤まれば、自分はおろか、一族郎党までもが、地獄に突き落とされることになったのだ。高時がなにを考え、なにを望んでいるか、たえず考えた。それがわかっても、動いていい時と悪い時の判断もしなければならなかった。幕府の御家人であると同時に、源氏の棟梁でもあったのだ。あらゆることを考え合わせて、動く時は動き、高時の機嫌を取り結ぶ。動かない時は、少なくとも高時に背をむけるようにだけはならないように気をつけた。

北条に叛旗を翻すことを決めた時も、誰にも語らなかった。直義や師直にさえだ。周到に手は打ったつもりだった。誰もが、尊氏が言ったことを、自分のいいように解釈していた。そういうふうにしか、気持を語らなかったのだ。叛旗を翻すと心に決めても、ほんとうに翻す時まで、それがどうなるか自分でもわからなかった。なにもしなかった時には、高時に対しての申し開きのすべてを考えたし、叛旗を翻したら、実際には長く心に抱いていた志だったと誰にでも言えるように考えた。二つの顔をいつも用意していて、ふだんはそのどちらでもない顔をしていた。ひとつの顔だけになった時も、何度かある。伯耆船《ほうきせん》上山《じょうせん》へむかう途中、丹波篠村へ方向を変えた時。生まれてはじめて、ひとつだけの顔を持った、と言ってもよかった。篠村から京へむかった時は、充実していた。六波羅を倒すための戦は、全身全霊で闘うことができた。

呆気なく、六波羅は倒れた。

次に打たねばならぬ手が、いくつも思い浮かんだ。武士の心を自分に集めなければならなかった。武士は即ち力なのだ。鎌倉も、なんとかしなければならない。まだ北条は強い。そう思っていた時、新田義貞が兵を挙げた。鎌倉から落ちていた、千寿王をすぐにそれに加えた。自分は京にある。ゆえに千寿王は自分の名代である。そう主張しておかしいところは、どこにもなかった。考えていたのは、なにをしても新田義貞の後塵は拝したくないということだった。

鎌倉の幕府も倒れ、高時は死んだ。

あの時尊氏は、なにかから解き放たれた気分になった。

最初に考えたのは、自らが征夷大将軍になるということだった。自分には、その資格がある。いや、自分にしか、その資格はない。

そこから、すべてのことがはじまった。

帝との駈け引きは、いま思い出しても面白いものだった。一歩誤まれば、とんでもない立場に立たされる。それは高時と対していた時と似ていたが、力は自分の方にあった。代りに、帝は権威というものを持っていた。

あの帝とは、実にさまざまな駈け引きをしたと、いまも思う。お互いに、どこか認め合うところがあった。征夷大将軍は自分しかいないと尊氏が信じていたのと同じように、この国は自分ひとりのものだと帝は信じていた。似ていたのだ。心の底に抱いている思いが、まるで重ね合わせることができるように、似ていた。

お互いに、なにを考えているか、いやというほどわかった。

それでも、尊氏はいつも周到で、帝はしばしば不用意だった。源氏の棟梁という位置はいつ誰にとって代られるかわからぬと尊氏は思っていたが、自分に代りはないと帝は信じて疑っていなかった。

数年の間に、実にさまざまなことがあった。完膚なきほどの負け戦も、経験した。

ほんとうに負けたと思わなかったのは、武士が自分から離れてはいないという実感があったからだ。

九州へ落ち、身ひとつで戦をするのだ、と思った。不思議な解放感だった。高時が死んだ時よりも、ずっと自然な解放感だった。自分を縛るものはなにもない、と思って戦をすることができた。あんな戦なら、何度やっても負けはしないだろう。

今年に入って、北畠顕家が死に、新田義貞が死んだ。

不意に、つまらなくなった。塞ぎの虫に、しばしば襲われた。それで尊氏は、正式に征夷大将軍になることを決めたのだった。

かつてあれほど望んだ征夷大将軍が、自分の意志でどうにでもできるものになっていた。いまは吉野にいる、後醍醐帝にそのことを教えてやるぐらいしか、尊氏には気晴しがなかった。そして、拭いようのない挫折感があるのだ。

征夷大将軍を、たやすく手が届くところまで引き降ろした。そして摑んだ。尊氏が就いた征夷大将軍は、かつてと同じものではなかった。

「もうよい、退がれ」

近習二人に、躰を揉ませていた。昔から、そういう習慣はあり、そうさせながら伽《とぎ》をする者を選んできた。

近習が退がり、尊氏は身を起こした。

嘆夢が現われた。嘆虫と言ったが、夢という字に変えろと尊氏が命じたのだ。嘆夢と血夢の兄弟。前よりも、ずっと不吉なものが漂う名になっていた。

「わかったか?」

「なんとか」

嘆夢が顔をあげた。

「あれだけの山の民を動かしたのは、寺田太郎坊と申す者でございました。ただ、寺田太郎坊にそれほどの力はなく、背後に誰かいるものと思えました」

「寺田?」

「播磨に、寺田法念と申す、稀代の悪党がいて、六波羅探題と五分に闘い、やがて滅ぼされております。太郎坊は、その倅でございます」

「思い出した。赤松円心に聞いたことがある」

「その太郎坊の背後には、佐々木道誉様が」

尊氏は、肚の中がかっと燃えかかった。なんとか、それを抑えた。

「佐々木様は、太郎坊を通して、山の民に銭を配られたようです。それも、何千貫という銭だったそうでございます」

「わかった。去《い》ね」

尊氏は、ひとりになると、しばらく考えこんでいた。

「師直を呼べ」

縁に出て、大声で近習に命じた。六波羅の幕府の中の居室である。師直は、すぐにやってきた。

「はあ」

「先日の戦だ、師直」

「北畠顕家卿は、なぜ近江に入らず、垂井から伊勢路をとったのか、わかったぞ」

「あれでございますか。伊吹山中に、多数の悪党が集まっていたとかで」

「知っていたか？」

「確かめてはおりませんが、そういう噂は流れました」

伊勢に回ったことで、進撃の勢いが弱くなった。そこで、師直がぶつかって勝ったのだ。はじめは、師直の策かとも思った。師直なら、黙っていることはないだろう。

道誉がやったのか。それを黙っているのも、また道誉らしいと言える。咎め立てをするどころか、大きな武功である。こちらが気づくかどうかを試すように、黙っていたことがこれまでも何度かある。

尊氏は、怒っていた。恥の入り混じった怒りである。

あの時、尊氏の心の中を占めていたのは、恐怖だった。それを拭うように、具足を付けて軍議に出、いつでも自ら出陣するという姿勢を示した。

あの恐怖を、道誉に読まれていたのではないのか。そう思うと、また肚の底が熱くなりそうだった。久しぶりのことである。

「近江には、いまだそれほどの悪党が跋扈《ばっこ》しているのか？」

「まさか。いつの間にか消えたといいます。なんだったのでございましょうな」

道誉と師直が示し合わせている。それは考えられた。自分の恐怖を読むとしたら、この二人だけだろう。

「まあ、悪党はよい。出れば、踏み潰せばいいだけのこと。ところで師直。おまえは、このところ夜が忙しいそうじゃな」

「ほう。ここも朝廷に似て参りましたな。殿に告げ口をする者がおりますか？」

「告げ口はない。わしが張っていた網に、おまえがひっかかっただけだ」

「そうでございましたか。いや、隠してもおりませんのでな」

師直が、美女と見ると強引に誘い、権勢に任せて犯しているという噂は、夏ごろから京に流れている。

「おまえらしくないな」

「この師直、足利家の執事でございました」

「いまも、そうだ」

「いや、いまは将軍家の執事でございます。公家にも武士にも、その立場で接しなければなりません。特に公家でございますが、坂東武者を、やれ田舎者だ、作法も知らぬなどと陰口を叩きます。それがしはいくら叩かれてもよろしゅうございますが、殿まで叩かれるのは許せませぬ。力の差を見せつけてやるために、公家の娘を次々と抱いております。当然ながら、力ずくというのもございます。いましばし、お見逃しを」

「臆面もなく、申すのう」

尊氏は、笑い出した。師直の大きな躰が、公家の娘の細い躰にのしかかっている姿を想像すると、痛快でさえある。

師直は、見るところは見ていた。まだ吉野には後醍醐帝がいて、そこに加わる武士も少なくはない。まず、京をしっかり押さえておくこと。そして、機敏に動ける軍勢を持つことだった。事あるたびに、足利の軍勢を集めたり、他の大名に軍勢督促状を出したりするのでは、手間がかかりすぎる。

幕府の軍勢とでも呼ぶべきものを、師直は作りつつあった。多くは、畿内で主を失った武士たちである。京へは、すぐに来れる。その武士たちの不満が募って、吉野へ走ることも防げる。政事むきは直義が仕切っているので、師直がその軍勢を作りあげれば、幕府に隙はなくなる。

師直は、いくつか報告をして、忙しそうに退がっていった。師直の姿が消えてから、尊氏は軽く舌打ちをした。

それから数日後、尊氏は二、三十の供回りだけで、祇園社の高橋屋という宿所を訪ねた。将軍になってから、ほとんど外出もしていなかった。京は、もう秋の色が深い。

いつか、腹を切らせてやる。最近、尊氏が道誉について思っていることは、それである。道誉を嫌っているわけではない。ただ、意地の張り合いのようなところがあり、その行き着く果ては、道誉の切腹しかないのだ。切腹させられなかったら、道誉はいつまでも自分を嗤い続けるだろう。

高橋屋を、五十ほどの軍勢が固めていた。直垂姿でさりげなく立っている武士は、もっと多い。

道誉が、迎えに出ていた。

「なんの真似だ？」

「征夷大将軍のお成りでございますれば」

かっとしそうになるのを、尊氏は抑えた。野駈けに誘いに来ただけである。正式の訪問ではないので、警固もそれほど目立たぬようにしているのだろう。自分が訪ねてくるというのを、どうやって察知して警固を整えたのかと思ったが、訊かなかった。どうせ、腹の立つような答が返ってくるに決まっていた。

高橋屋を訪《おとな》うのは、はじめてである。

縁を歩くと、庭に眼を奪われた。一面に、紅葉が敷きつめられているのである。

不意に、唄が聴えてきた。見事な笛の音に乗った唄である。尊氏は、足を止めた。

うたっているのは童だった。後ろで、大きな男が笛を吹いている。

切ないような心持ちになった。

尊氏は、ふっと、うたっている童を斬ってしまおうかと思った。このままうたわせ続けると、心が掻き回されるような気がした。不吉なものにとり憑かれるような気もした。

しかし、太刀の柄に手はいかなかった。

唄声が、大きくなる。眼を閉じた。ひとりきりで立っているような気がした。声をあげて、泣きじゃくりたい。そう思った。耐えた。泣けば、負ける。童の唄ではなく、別のものに負ける。

笛がやんだ。唄がまだ続いているような気がしたが、童はもう口を噤《つぐ》み、無表情で立っていた。

「紅葉のころに、この童の唄を聴かれた方がございました。それを、思い出しました」

「血じゃのう、紅葉が」

「そうでございますな。血と見れば血。唄は、自《おの》が心を映すものでございます」

「血にまみれているか、俺は」

「征夷大将軍ともなれば、血にまみれていないのが、おかしゅうございます。この道誉とて、自《おの》が身にしみついた血を、紅葉と思い定めることにいたしております」

「あまり、俺に謎をかけるな、道誉」

道誉が笑った。

「笛を吹きたるは、一忠と申す能役者でございます。童は、犬王と申します。一忠の笛で、犬王の唄にある滅びの響きが、押えられておりました」

「滅びの響きか」

「ゆえに、犬王にはまだうたうことを禁じております。四年になりますが、滅びの響きは消えません。ただ、将軍にはお聴きいただこうと、これはそれがしと一忠が決めました。これが、心尽しになるのではないかと」

道誉は、もう笑っていなかった。

血の海の中に、二人が座っていた。不思議に、清々《すがすが》しく感じられるような姿だった。人の世は、血の海。そう思うと、征夷大将軍であることが、それほど大きなこととは思えなくなった。いずれは、誰であろうと、その血の海に沈む。

「御挨拶を」

「一忠と申しまする」

「犬王でございます」

童の声だった。

尊氏は、ほっとして笑った。

第五章　猿の皮

1

直義の言うことは道理だった。

しかし、大きな道理ではなかった。足利の道理でもなかった。それさえ直義が理解すれば、すべてを委ねてもいいと尊氏は思っている。このままでは、高師直とぶつかる局面が多くなるだろう。

「おまえの話は、もうわかった」

「まともに聞こうとなされませんな、兄上」

「いや、聞いている」

「これだけ訴訟が増えれば、もはや国全体の問題です。そうは思われませぬか」

「思う。おまえとは、思い方が違うであろうがな」

「思い方が違うですと？」

「おまえの性格ではやりにくいことであろうが、裁決を出すのを長引かせろ。場合によっては、三年、四年と引っ張ってもよい」

「また、そのような」

嵯峨野《さがの》である。桂川《かつらがわ》の河原に、床几を並べていた。嵐山《あらしやま》が、眼前に迫っている。雪解けの水で流れが速かったのは、もうふた月も前のことだ。すでに、新緑の時季になっていた。河原も、緑色の草が覆いはじめている。

難しい話を持って押しかけてきた直義を、野駈けに誘い出した。直義は、こういうことが好きではない。というより、忙しさに追いまくられているのだろう。景色など見ずに、難しい話を蒸し返してくる。

「佐々木道誉を訴える者も、かなりおりますぞ」

「それは、道誉の領国が近江だからだ」

「本所領や寺社領が、他国より多いということですか？」

「見るところは、見ているではないか、直義」

「しかし、幕府は本所領の知行を禁じましたぞ。兄上が、そう決められた。それが守られないというのは、由々しきことではありませんか」

直義の考えは、いつでも読める。決めたことを、決めた通りに行う。幼いころから、そこは変っていない。

「後醍醐帝の治政で、公家が領地を得すぎた。それを、武士の側に取り戻さねばならん。大きな戦が行われている時にそれはできんが、いまは、それほど大きなものはない。こういう時に、少しでも武士の側に取り戻しておくのだ」

「戦の時は、荘園を放置して逃げ出し、鎮まると戻ってきて、わがものと主張する。その理不尽は、私にもわかります。しかし、佐々木道誉に限らず、高師直、師泰の兄弟などのやり方は、自分の手で追い出して、主なき荘園と主張している場合が多く」

「それでいい。そうしなければ、取り戻すこともできん。時が、そういう争いも次第に落ち着かせよう」

「つまり、先日の禁令は、かたちだけのものだったと?」

「おまえも、そういうことがもっとわかるようになってくれぬか。相手は、公家と坊主だぞ。こちらもしたたかにならねば、すぐに足を掬《すく》われる。公家がどういうものか、おまえも痛いほど知ったろう」

「そんなものは、先刻承知しております。ただ、これを続けると、やがて争乱の火種にもなります。吉野の廃帝は、いまだ帝を名乗り、そこに加わる武士も少なくありません」

「だからこそよ。少しでも武士に土地を取り戻しておく。本所領は、まだ公家が相手だからよい。寺社領となれば、戦になりかねん。少しずつ、相手の力を削ぎ、こちらの力をつける。そうやって、いまを凌《しの》いでいくしかあるまい」

直義は、嵐山の方を見ていた。

風が心地よい。川面《かわも》が、風でわずかに波立っている。京の戦では、決まって血が流れる川だが、いまは穏やかだった。

「兄上のなさりようは、手温《てぬる》いのではありませんか？」

直義が、足元に眼を落として言った。

「手温い？」

「兄上は征夷大将軍で、足利の幕府は厳然としてあります」

「それで？」

「もっと強くなられてよい、と思います。たとえば、またどこかの国に半済令《はんぜいれい》を出されるとか」

半済令は、年貢の半分を兵糧米として守護に与えるというもので、畿内の武士を味方に付けるためにはじめは考え出したものだった。守護は、それを荘園ごとに家人《けにん》や地侍に分給する。

利点は、全国一斉に行わなくてもいいところにある。半済令を受けた国は、受けられなかった国と手を組んで幕府に逆らうことはない。そうやって、少しずつ全国に及ぼしていけばいいのだ。

ただ、守護の知行地ではなく、国衙領《こくが》から、公家の領する本所、寺社領にまで及ぶ。したがって幕府だけでは決められず、朝廷の許可が必要になってくるのだ。そしてその交渉のすべては、いまの幕府の態勢では、直義の仕事ということになる。そこから発生する訴訟も、直義が裁可することになる。

「少々のことは、耐えようと思っています」

直義が、低い声で言った。視線は足もとに落としたままだ。

「そうか」

尊氏は、即座に決めた。直義は、どれだけの負担が来ても構わないと言っている。

「ならば、どこからかな？」

「北陸のどこか。あるいは越後《えちご》」

義貞が死しても、新田一族の勢力はまだそのあたりに根を張っている。やはり、直義は見るべきところは見ていた。半済令で、武士のほとんどは守護に靡《なび》き、新田一族の勢力は急速に衰えるだろう。

「変ったな、直義」

「気づいておられぬかもしれませんが、兄上もです。そして高師直も。足利家は、この国を治めなければならないのです」

「おまえに任せても、大丈夫のようだ」

「私に任せるなど。兄上が、征夷大将軍ですぞ」

「俺は、疲れた。戦に疲れたわけではない。北条高時と折合うのに疲れた。後醍醐帝と折合うのにも、疲れた。いまは、その疲れだけが残っている。戦など、なにほどの疲れになろうかと思う。敗れて九州に落ちた時、俺はむしろ生き生きとしていた」

「兄上には、戦が必要ですか。困ったものだ」

直義が、声をあげて笑った。

「しかし、たとえ半済令を出したところで、本所などはなんとかなりましょうが、寺社領は思うに任せませぬぞ。それこそ、坊主と戦にもなりかねません」

「そのあたりは、師直に任せる」

「師直は、濫暴《らんぼう》にすぎませんか?」

「そうでもない。後醍醐帝が叡山に籠られた時、俺は本気で山門を滅ぼそうかと考えた。

それを察して、止めたのは師直だった」

「師直には、太すぎるところと、細かいところがあります。その時は、細かいところが出たのでしょう。兄の師泰の方には、太いところしかありません」

「まだ、戦は続く。師泰のような男は必要なのだ」

「兄上はすでに御存知だろうと思いますが、吉野で後醍醐帝は病床にあるとか」

知っていた。嘆夢が探ってきている。直義が、そういうことを独自に探っていることも、これでわかる。やはり、直義は変ったのだ。

「俺への怨念は、この世に残されるであろうな。したがって、戦は続く」

「大規模なものにはなりますまい。これから面倒になってくるのは、寺社との争いでありましょうな」

「だから、寺社領の押領も止めぬのだ。それぞれの利害が絡めば、寺同士、あるいは寺と神社が、手を組んで逆らってくることもあるまい。これは、師直の考えだが」

「そうですか。私は、訴えの裁可を、できるかぎりのばすようにいたしましょう」

「ほう」

「兄上とも、話す時に駈け引きが必要になりました。半済令を出せばいいと、まともに言っても聞いていただけなかったでありましょうし」

「兄弟ではないか」

「私の兄上である前に、征夷大将軍であられます」

「そのあたりが、おまえの頭の固いところだ」

尊氏が声をあげて笑うと、直義は黙ってうつむいた。

「酒はあるか？」

ふり返り、尊氏は近習に言った。尊氏と直義の外出である。河原には、四百ほどの軍勢が散開していた。ふだんの野駈けの供は、せいぜい四、五十騎である。

「兄上と二人で酒を飲むのは、実に久しぶりではありませんか。この前がいつだったのか、私ははっきり憶えておりません」

「いろいろとあった。自分で時の流れを作っているのか、流されているのかさえ、わからなくなる時があった。そして、気づくと俺は天下に号令する立場に立っていた」

「よく生き延びた。そう思います。はじめは、北条が相手で、次には朝廷が相手でありました。どこで果てていてもおかしくない戦を、何度も潜《くぐ》り抜けてきました」

「その間に、俺は何度も塞ぎの虫に取りつかれた。そのたびに、おまえが苦労することになった。出家しようとまで、俺は考えたのだからな」

瓢《ふくべ》の酒が持ってこられた。盃が二つ。近習が、それに酒を満たしていく。

「征夷大将軍になれば、俺が生涯で果さなければならなかったものは、終ったような気がする。このところ、しばしばそういう思いに捉われる」

「なんの戯《ざ》れ言《ごと》を。なさねばならぬことは、これからの方が多うございますぞ」

「おまえがやってくれそうな気がするのだ、直義。おまえに任せておけば、間違いないという思いがある」

「やめてくだされい。兄上あっての、それがしでござる。これは、幼きころよりなんの変りもありません」

「もう、幕府はできたのだ。あとは、おまえの方がむいている。俺は、朝廷の公家どもの話を聞いていると、なにもかも投げ出したくなったりするのだ。実際に、投げ出すこともあると思う」

盃を呷《あお》った。直義は、じっと尊氏を見つめている。

「この国をまとめていくには、武士を集める力だとか、戦の力だとか、そういうものが必要なのではない。そう思うようになった。幕府をきちんと動かすには、おまえの持っているような力が、必要なのだと思う。天は、われら兄弟に、うまく力を分け与えられた。そうは思わぬか、直義」

「いつでも、兄上あっての私でございます。それ以外のことを、考えたことはござらぬ」

直義が、盃を呷った。

陽はまだ高く、風は心地よい。

どこからか、唄声が聞えてきたような気がした。聴き憶えがある。そう思って耳を澄ませたが、風の音があるだけだった。

祇園に道誉を訪ねた時の、童の唄。ふと思い出した。昨年の秋のことだ。滅びの響き、と道誉は言っていた。

待ったが、再び聴えてくることはなかった。

2

領内の見回りを何度かした。

本所領、寺社領で、守る者がいなくなったところには、軍勢を入れていた。せいぜい三十名ほどの軍勢だが、二十余カ所に及んでいる。

戦の気配が遠ざかると、主だとか荘官だとか称する者が、次々に戻ってくる。返すべきものと返さないものを、道誉が自身で見て決めた。

もっとも、勝手に決められないものもある。山門の寺領など、強硬に返却を迫ってくる。

場合によっては、戦も辞さぬという構えである。それでも、山門の寺領を道誉は二つ押さえたままにすることにした。ほかに、返却しない荘園が十二。合計で十四の荘園を、道誉は自領に加えた。戦の時に放置した、という理由は立つ。それでも、幕府に訴え出ている者がかなりいるようだ。

夏の盛りに、吉野の後醍醐帝が死去した知らせが入った。

道誉は、近江を動かなかった。

恩賞として手に入れた土地が、近江以外の各地にも散らばっている。吉田厳覚を遣《や》って、それを取りまとめる作業を数カ月前からさせている。隣接するところに主がいなければ、それも加える。年貢は、北近江の所領も加えると、ほぼ二カ国分に達するはずだ。

近江国内の馬借や琵琶湖の水運に関しても、半分以上は道誉が押さえた。陸も湖も、道誉が頷かないかぎり、物流は滞るという状態になっていた。

「柏原城の銭倉は、再び三つが満杯になり、四つ目と五つ目の倉を建てております」

神保俊氏は、そう報告してきている。馬借の保護からあがる利が、思った以上に大きかった。しかし、山門もそれを見逃そうとしていない。もともとは、山門が朝廷から与えられた権利だ。近江国内の馬借の保護は、姫橋道円に任せた。軍勢は五百余をつけてある。山門も、うかつには手が出せない状況が続いていた。

「京に行かれなくても、よろしいのでしょうか？」

羽山忠信が気にしはじめたのは、秋風が吹きはじめるころだった。幕府から特別なことはなにも言ってきていない。

「気にするな。幕府は、後醍醐帝を廃帝としてしか扱っておらぬ」

「いつまで、近江を動かれません、殿？」

「今年は、動くまい。都の風は、どうもわしには合わぬ。あの風の中では、ことさら目立つことをしたくなる」

「領地についての訴えが、いくつか出ているそうでございますぞ」

「だからどうした。戦の時には逃げていなくなる領主に、いまさらなにが言えるのか」

「殿が京におられれば、その御意見を幕府に言うこともできましょう。近江からでは、声が届きませんぞ」

「京からは、土地に手が届かぬわ。わしがいなくなれば、山門が手を出してくる」

「それは、姫橋が追い返しましょう」

「忠信、いま裁可を出しているのは、将軍ではなく、御舎弟の方だ。つまり、ちゃんとした理由がいるということだ。戦が終っても、いつまでも現われぬ。それは立派な理由になるが、来た者を追い返したというのは、理由にならぬ」

「そのためだけに、殿は近江に？」

「まさか。いまは、京にいたくない。それだけのことよ」

尊氏は、多分後醍醐帝の崩御を嘆いているだろう。そしてその嘆きを誰かに見せたいと思っているだろう。

道誉が京にいれば、連日のように呼び出されるのはわかっていた。それでは、尊氏にとって便利すぎる。

「そのうち、将軍から呼び出しがあろう。それにも、病と称して応えぬ」

「そんな」

「病だ。わしは、もうよい歳になっておるわ。髪に白いものも増えた。病であって、なんの不思議があろう」

「殿は、つい先日、またこの勝楽寺城《しょうらくじじょう》に、女子《おなご》を二人入れられたではありませんか」

「そういう病も、あったな」

身の回りの世話をさせるためというより、情欲を満たすための女だった。それについて、家人に憚《はばか》ることはない。飽きれば、女たちにはほかの仕事を与える。

秋も終りになったころから、道誉は領内で軍勢を動かしはじめた。二千ほどで、姫橋が指揮する軍勢も加えれば、二千五百になる。それを、さながら戦のごとく駈け回らせた。

道誉自身も、一千ほどを率いて犬上《いぬがみ》郡から愛智郡にかけて動いた。

馬借の荷を守るという名目だったが、領内に野伏りが出没しているわけではなかった。ただ、それで山門側についた馬借の動きは止まった。

琵琶湖の水運は、いつでも止められる。蜂助や黒夜叉を使って、船を焼けばいいだけの話だ。

何代にもわたって、近江の領地は寺社に食い荒らされてきた。特に、山門の進出がはなはだしかった。比叡山の眼下の近江は、寺領として適当なところだったのだ。その上、馬借や水運の権利まで、山門は朝廷の許可を得て持っていた。物流を制して利をあげるのが寺の仕事か、と道誉は幼いころから思っていたものだ。

山門とのせめぎ合いが、佐々木一門にとっては戦より大きな課題だったと言っていい。朝廷の威光を背景に、山門は近江で勝手な振舞いを続けてきた。その借りを返してやるのがいまだ、と道誉は思っていた。返す時は、大きく返す。何代分にもわたる借りなのだ。

年が明けても、道誉はそれをやめなかった。

上洛してくれないか、と直義から内々に打診があったのは、二月だった。三月のはじめには、高師直からもさりげなく上洛を促された。

道誉は近江を出ず、相変らず軍勢を動かし続けた。

山門についていた馬借たちも、商いにならず、次々に道誉に保護を求めてきた。道誉の方からは、なにも言っていない。琵琶湖の水運に携わる者たちも、道誉の保護を求めはじめた。

「近江で、誰が力を持っているのか、教えてやっただけのことだ」

幕府や山門の動きを心配しはじめた忠信に、道誉はただそう言った。山門が朝廷の権威に拠ろうとするかぎり、幕府とひとつになることはあり得ないのだ。

道誉が腰をあげたのは、秀綱が近江に戻り、尊氏の伝言を伝えた時だった。秀綱は、父の道誉に代り、京で検非違使の役に就いている。京に幕府が開かれてからも、まだ検非違使の制度は残されたままなのである。ただ、治安を本当に維持しているのは、高師直を頂点とする幕府直轄《ちょっかつ》軍で、いざ戦となれば秀綱もそこに組み入れられるはずだ。

「桜をともに愛《め》でたい、と将軍は言われたのだな」

「はい。まことは紅葉を愛でたいと思ったが、雑事に追われてその時は過ぎてしまった、と言われておりました」

後醍醐帝の崩御が暑い盛りで、その数カ月後は紅葉の季節だった。その時期に、雑事に追われていた、と尊氏は言っている。強がりだろう、と道誉は思った。

幕府と山門の動きには、たえず気を配っていた。道誉が昨年の秋からはじめていることは、危険なことではあったのだ。

そろそろ泣きっ面を見に行くか、と道誉は思った。吉田厳覚に命じておいた、全国の所領を取りまとめる作業も終っている。厳覚は、できるかぎり地侍を代官に登用し、それを家人に加えるという方法をとっていた。

三月の終りに、六百ほどの兵を整え、道誉は秀綱を伴って進発した。

大津《おおつ》から山科《やましな》に出たところで、さすがに幕府の軍勢に止められた。平時にはものものしすぎる一行である。徒《かち》には、薙刀まで持たせているのだ。

「佐々木道誉の一行と知って、留めようというのか？」

忠信が、先頭に出て大音声《だいおんじょう》をあげた。こういうところは、心得たものだ。三百ほどの軍勢はそれだけで威圧され、怯《ひる》むような気配で道をあけた。

近江から京まで、大した距離はない。軍勢を飾り立てても、行軍の間に汚れたりはしないのだ。京へ入った道誉の軍勢は、いかにもきらびやかで人眼を惹いた。

道誉は、返り血を浴びたような赤い花の模様の直垂姿で、馬廻りのひとりに甲を捧げ持たせた。大した意味はない。自分が入京したと、尊氏に教えてやっているだけだ。

どこへも寄らず、道誉は京極の館に入った。秀綱は、具足姿のまま幕府に行かせた。検非違使は、そうするものだ。

道誉は、館から動かなかった。

六百の兵は、館を固めている。敵がいるわけでもなく、戦が近いわけでもなかった。館に道誉がいる。そうしていれば、京の人間たちにもそれがわかるだろう。

本家の氏頼が、老臣に連れられて挨拶に来た。氏頼は、秀綱とともに検非違使を務めている。しかし、卑屈に道誉に挨拶に来る必要などないのだ。どうでもいいようなものだが、そういう卑屈さは、京という土地では足を掬われる原因にもなる。明らかに、本家は人に恵まれてはいなかった。出雲守護の、塩冶高貞も挨拶に来た。京という土地が、実直な男の頬を、だいぶ削り取っていた。

自分でも気づかぬうちに、道誉は一門の総師に祭りあげられているようだった。

館の庭の桜も、蕾がふくらみはじめている。しかしまだ、ほんの一部しか開いていない。

道誉のもとには、毎夜、蜂助が報告に現われた。幕府の構えがどうなっているか。権勢を持っているのは誰で、対立しているのは誰と誰か。

第一の権勢といえば、足利兄弟を除けば、高師直である。兄の師泰にも、権勢と同時に、かなり荒っぽい噂があった。ほかにも、一国の守護で、われこそはと威を張って京を闊歩している者が何人かいた。その中のひとりに、道誉自身も挙げられているらしい。

武士たちは、守護も含めて、直義につく者と師直につく者が、なんとなくだが分かれつつあるのがわかった。直義と師直の間に、対立はなさそうだ。建武の新政の時より、政事は堅実に進んでいるようだった。

ただ、よく見ると、尊氏は二頭の馬に足をかけているのだった。同じ方向に走っているうちは、それでいい。それぞれが別の方向に走りはじめた時、どうやって制御するのか。武士と公家の二頭の馬に足をかけていた、後醍醐帝と似ているような気もした。

そのあやうさに、尊氏は気づいているのか。気づいていても、投げやりにやっているのか。それとも、なにか別の意図があるのか。

周到な男だった。それは、ある状況の中で、自分が立場を守るために身につけた周到さだった、とも思える。頂点に立った時も、その周到さはまだ生きているのか。

尊氏が花見に誘う前に、高師直がひそかに訪ねてきた。夜中で、供回りも五人ほどだ。

「ほう、このようにして、夜毎、公家の娘を訪《おとな》っておられるのか、師直殿」

「いつでもねじ伏せられる。公家には、そう思い知らせておくことです。もっとも、この師直、女が好きなことをそれで悟りましたが」

師直が、ただ好色で公家の娘を漁《あさ》っているとは思えなかった。蜂助が、師直が訪った公家の名を調べてきていたが、よく見ると実に考え抜いてそうしていることがわかる。将軍家の執事でさえこうなのだ、と公家に教えている。将軍自身の力は、その幾層倍もあると、思い知らせているのだ。師直を拒絶した公家が、二人ばかり丸裸で京から追い出されてもいた。

「まあ、男は女を好きなものでござろう。もっとも、そうでない方もおられるが」

「皮肉を申されるな、道誉殿。もっとも、今夜の話はそれなのだが」

「ふむ、それがしに謎をかけられるか」

「謎をかけねば、語りにくいことでしてな。道誉殿には、秀綱殿のほかにも子がおありだ。家督は、秀綱殿でござるのかな？」

「順序からは、そういうことになっていますな。秀綱になにがあるかはわかりませんが」

「秀綱殿が、弟の下風《かふう》に立つということを、肯《がえ》んじられるだろうか」

微妙な話だった。道誉の子の話をしながら、師直はほんとうは足利家の子の話をしている。尊氏には、千寿王のほかに、白拍子《しらびようし》に産ませたという噂の息男《そくなん》がいた。尊氏は疎んじていて、それを不憫に思った直義が、自らの養子として迎え直冬《ただふゆ》と名乗らせている。千寿王より、ずっと年長である。

「なにを言いたいのだ、師直殿？」

「いま、足利の幕府は歩きはじめたばかりで、みな同じ方向にむかっています」

「でなければ、吉野につけこまれよう。後醍醐帝が亡くなられたとしても、北畠親房のような男がいる。それほど力を失うこともあるまい」

「吉野も、朝廷を称しておりますからな。そこに集まる武士も、またいる。新田一族も滅びたわけでなく、楠木正成の遺児もいる。京はいま平穏ではありますが、吉野に同心する武士との戦が、小さいがいくつか闘われてもいます」

「つまり、幕府は磐石ではない。そう言いたいのですな、師直殿は？」

「道誉殿。それがしは、これ以上はなにも言えぬ。このところ、なにかいやなものが胸の底をよぎるばかりで。それがなにか、道誉殿は気づいておられよう」

「また面妖な。幕府が磐石でないのは、見ていればわかることだが、それほど危ない状態でもない、とも思えます」

「すべてわかっていて、とぼけておられる。まったく狸でござるよ、道誉殿は。そういうところを、わが殿は好きで嫌いなのだな。話していると、よくわかります」

「好きで、嫌いか」

道誉が笑うと、師直も声をあげて笑った。

酒を命じようとした道誉を、師直は手で制した。

「四、五日で、桜が満開になりましょう。その時、道誉殿にはよく見ておいていただきたい」

なにを、とも師直は言わなかった。

直義が、朝廷ではなく山門を持て余しているという話をして、師直は帰っていった。いくらか慌ててもいるようだった。今夜もまた、どこかの公家の娘を訪ねるのかもしれない。師直は、かすかだが悲壮感さえ漂わせていた。

3

いつもの野駈けではなかった。

供回りは二百ほどだが、先乗りには百以上の兵を率いた高師泰がいた。そして、決して嵯峨野の原野を駈けようとはしないのである。時には、停ることさえあった。

尊氏のそばには、元服した千寿王がいた。義詮《よしあきら》である。まだ十歳ほどで、白い馬に跨がっている姿がいたいけない。

桜の老木が十数本、いまが盛りと花をつけていた。花びらが、かすかな風に舞っていて、雪のように見えた。

そこに陣幕が張られ、床几が並べられた。

正面は、尊氏と義詮である。尊氏は、笑っていた。なんの警戒もない笑顔だった。道誉は、それを眺めながら、出された酒肴を口に運んだ。

「千寿王、いや義詮と、三月ばかりともに暮した。子はよいな、道誉。新しい生が、与えられたような気さえする」

「義詮様も、成長なされました」

「早いものよ。新田義貞とともに鎌倉を攻めたころは、まだもの心もつかぬ童であった。それがもう、元服をしたのだ」

義詮は、近習と河原で駈け回っている。

「幕府を、磐石なものにしなければならん。そういう幕府を、義詮に継がせなければならん。いまは、そう思っている」

尊氏は、駈け回る義詮を眼で追っていた。さすがに、家人たちの前で一緒に駈け回ることは、慎んでいるようだった。

「守役は、どなたに？」

「いまは、近習の中から、心利きたる者を選び出してつけている。母親も、いろいろ躾《しつけ》をしているようだ」

「次代の将軍家でございますからな。守役は一門の中から、私心のないお方を選ばれるべきでしょう」

「俺も、そう考えている」

陣幕の中は、尊氏と道誉と二名の近習だけだった。伴われてきた武将たちも、思い思いに桜を愛でて歩いている。

「ところで、在国が長かったな、道誉」

「別に意味はございません。ただ、所領の手当てはしておかなければ、後になって大変な思いをいたしますからな」

「訴えが、だいぶ出ているようだぞ」

「訴え出る者が正しかったことが、どれほどありますかな、上様。それがしは、領内で訴え出てくる者の言に耳は貸しますが、まず疑っております。強い者に頼って得をしようという輩が、ほとんどでございますから」

「直義は、私心なく裁く。公平な男だ」

「そんなことは、心得ております」

笑う道誉を、尊氏は測るような眼で見ていた。

「山門を相手に、直義が苦労しておる」

「誰かが苦労するしかありますまい。相手は山門でございます」

「山門だと、理不尽も許されるのかのう」

「これまで許されてきた。だから、理不尽ではないのでございますよ。それに、一度手に入れていたものを、手放したくないのは人情でございましょう。土地であれ、名誉であれ、権勢であれ」

「なるほどな。おまえのように、隙を衝いて掠《かす》め取れればよいのだがな」

「佐々木道誉、盗人の真似などはいたしておりませんぞ。道理にかなったことを、やっているだけです」

「わかっている。俺も、おまえを長く見ている。道理とは、佐々木道誉の道理にすぎん。それを、世の道理にしてしまう。おまえが、ばさらと呼ばれるゆえんだ」

「ばさらは、厳しい御法度《ごはっと》だったのではありませぬか」

「おまえのような男が三人いると、俺はちょっとこわい」

「残念ですな。佐々木道誉は、この世にただひとりです」

「戦なら、勝負がすぐに見える。しかし、平時の駈け引きになると、見えぬものが多すぎるな。道誉の鼻をあかそうとしても、やはり勝負は見えないような気がする」

道誉は、軽く頭を下げた。鼻をあかすというのは、切腹まで追いこむということだろう。生き延びれば、道誉の勝ちということになるのか。生き延びて、いまより大きくなっていけば。つまりそういうことだろう。卑屈になれば、生き延びることだけはできる。

これから、尊氏はどう変っていくのか。

直義は変っていない。師直も、変っていない。尊氏だけが、いつも幻のような残像を、道誉の心に残す。

自分は変っているのか。ふと、道誉はそれを考えた。自分の姿ほど、見えにくいものはない。無理に、見ようとしないことだ。わかっていたが、時々は底のない深淵を覗くように見ようとしてしまうのだった。

尊氏が声をあげた。

蝶を追って、義詮が駈けてくるところだった。尊氏も駈け寄っていく。蝶を追って戯れる父子の頭上に、雪のように花びらが降り続けていた。

夕刻になっても、尊氏は道誉を放そうとしなかった。

館へ戻り、陽が落ちると、尊氏は酒だけ運ばせて近習も遠ざけた。

灯台の火の燃える音が、じりじりと聞えていた。それ以外は、静かである。

しばらく、尊氏は自分で盃に注いでは干すことをくり返していた。尊氏が泣いていることに、道誉は気づいた。

「後醍醐帝が、逝かれた」

呟くように、尊氏が言う。

「俺を恨んだまま、逝かれたであろうな」

「逆ならば、上様が後醍醐帝を恨みながら死なれたところですぞ」

「その方がよかった、という気もする。相手は帝だ」

「廃帝ではありませんか」

「わしにとって、帝は後醍醐帝だけであった。はじめて眼にした、高貴なお方であったし、はじめて言葉をかけられた方でもあった。言葉をかけられた時、俺はふるえた。坂東の田舎者には想像もつかぬ、おそろしいような時であった」

「それから、後醍醐帝とはうんざりするほどいろいろとあったではございませんか」

「神のような方だと思ったが、人であった。人であるということが、またおそろしかった。つまらぬ真似もされた。憎み合いもした。心の底に、憎んでも憎みきれぬものもあった」

「もう、おやめくだされい、上様」

「いや、こんな話は、直義にはできぬ。師直にもな。いずれは切腹させてやろうと思っている、おまえにしかできぬのだ」

「残念ながら、それがしは切腹するような下手はいたしませんぞ。長生きをして、今夜のことを語り草にしてしまいます」

「望むところだ。それならそれで、俺も肚《はら》を決めておまえに言える。俺は帝と誓い合ったことがあったのだ。二人で、この国を治めていこうとな。俺は、帝の軍勢を作りあげる。よそからどれほどのものが攻めてこようと、俺が追い返す。そして帝は、民のための政事をやる。大塔宮を、鎌倉へ送った直後だった。帝は、涙ぐんでおられた。俺も泣いた。しかし廷臣どもがそれを許さなかった」

尊氏は、泣きじゃくっている。道誉は笑い声をあげた。

「あの帝は、その場その場で都合のいいことを言われた。お心にあるのはわがことだけで、人はすべて自分のために生きている、と考えておられた。それがしには、そんなふうにしか見えませんでした」

「俺とて同じよ、道誉。俺とて、自分のことだけを考えて生きてきた。ただ、源氏の棟梁だった。自分のことを考えることが、武士のことを考えることだった。それだけのことなのだ」

「帝も自分のことを考えられた。そして帝は帝であるがゆえに、それが民のことを考えるのと同じだったということですか？」

「その通りだ」

「頂上というのは、そんなものですかのう。もっと厳しいものであろうと思っておりましたが、それならこの道誉にもできそうですぞ」

「そんなものだ。頂上には、たまたま立ったに過ぎぬ。帝も人、俺も人。違うか?」

「ともに、頂上に立った人ですな」

道誉も、酒を飲みはじめた。尊氏は、ひと時の気分で泣いているわけではない、という気がした。おかしな男だという思いと同時に、自分には真似のできないことだという気持もこみあげてくる。

「頂上がなんだというのだ。頂上に立ったという思いなど、なにほどのことがあるというのだ。道誉、人は、たとえ小さなものであろうと、なにかを守り抜いたという思いの方が、大切ではないのか。そして俺には、それができなかった」

「守るべき小さなものとは?」

「信義」

「征夷大将軍が、そう言われるのですか?」

「将軍がなんだ。俺は、足利尊氏だ」

「頂上を、絵に描いてみればよくわかります。すべてが、足の下にあるのでござるよ。つまり、すべてを踏み躙《にじ》っている」

「聞いたふうなことを。おまえになにがわかる」

「そう思われるなら、それがしの前で泣きながらそんなことは申されないことです」

「言ったであろう。いつか、腹を切らせてやると」

「腹など切らぬ、とも申しました」

「もういい」

「そうです。やめた方がいい」

「おまえの道理などは、聞く耳を持たぬ。そう言っただけよ」

「酔っておられる、上様は」

「確かにな。だから本心も語っている。泣かずに耐えようなどとは、思ってもおらんのだ」

道誉は、自分が圧倒されているのに、はじめて気づいた。人になにも言わせないようなところが、尊氏の涙にはあった。やめてくれ、と頼みたくなるようなところもある。

泣くな、とは道誉はもう言わなかった。

酒を飲み続ける。二人で飲むには多すぎるほどの酒が、運ばれていた。道誉も、いくらか酔いはじめていた。

「あの帝がいなくなって、安心した者がどれほどいると思います。いや、民はみな安心したでしょう。公家の一部と、武士の一部。それもひと握りだけが、惜しいと思った。上様とて、惜しいと思ってはおられぬ。ただ、どこか似ていて、本気で憎めなかっただけなのだ」

「それは、言える。俺は、あのお方が帝でない方がいい、とずっと思い続けてきた。それなのに、死んだと聞いたら、自分ではどうしようもないほど、淋しくなった」

「およそ、恥ずべきことですな。時の征夷大将軍が、淋しいなどと。女々しいにもほどがある。そんな将軍を戴く民こそが、同情されて然るべきだ」

「将軍が淋しくて、どこが悪い。女々しくてどこが悪い。俺が勇敢であってみろ。武士は戦だ、と思うような将軍であってみろ。それこそ、戦の明け暮れであろう。国の中に闘う相手がいなくなれば、海を越えて相手を求めたりもするぞ」

「俺は、そんなことを言っているのではないぞ、尊氏殿。民より先に、淋しいなどと言ってはならないのだ。ただそれだけのことだ。俺はいつか、尊氏殿を俺の前で這いつくばらせてみせる。それが、俺の生き甲斐のようなものだ。その時はじめて、尊氏殿は俺にむかって淋しいと呻いていい。女々しくなっていい。それも、俺にむかってだけだ。民にむかっては、いつも強い将軍でなければならぬ」

「俺を、這いつくばらせるだと、道誉？」

「左様」

「笑わせるな」

「別に、笑えと申しあげてはおらぬ。泣いてもいいと申しあげているだけで」

「道誉、いつか腹を切らせてやるぞ」

「おう、待とうではないか。負けたと思ったら、俺は腹を切る。その時のことが、愉しみにさえ思えてくるわ。ひとつだけ言っておくがな、尊氏殿。勝ったと思っている俺に、腹を切らせるなよ。そういう時は、嗤いながら死んでやろう。そして生涯、尊氏殿は俺の嗤う顔に付き合うことになる」

「もういい、道誉」

尊氏は、飲むことをやめようとしなかった。

「見たであろう、義詮を」

「ああ」

「立派な、武士になった」

蝶を追って、喜んでいる武士だった。しかし道誉は、それを言おうとは思わなかった。

後醍醐帝が、吉野の山の中で尊氏を恨みながら死んだ。その時、尊氏の心の中になにかが入りこんだ。

それが、義詮だった。

道誉は、床に大の字に寝そべった。尊氏も、しばらくして同じ恰好になった。尊氏は深い嘆息をつき、道誉はくそっと声に出して言った。

4

鎌倉に、北条高時がいた。ほかの北条一門も屋敷を並べていた。

だから尊氏は、鎌倉にかすかな恐れの入り混じった思いを抱いていた。しかし、鎌倉は好きだったのだ。周囲を山に囲まれていたが、海があった。鎌倉にいると、心のわだかまりのすべてを、海に捨てることができた。北条一門から受ける屈辱も、自分の将来に対する恐れも、天下を取りたいという野望でさえ、海に捨てることができただろう。

九州で組織した上洛軍を率いた時、尊氏ははっきりと天下を取れると確信した。それだけのことをしてきた、とも思った。その確信が覆えることはなく、やがて京を押えた。

幕府というものが見えた時、尊氏はただ鎌倉を思った。鎌倉にこそ、幕府は置くべきだった。北条一門はいない。自分は、天下人《てんかびと》として鎌倉に入るのだ。そう思うだけで、心がふるえた。

しかし、足利の力など、弱いものだった。かつて北条が持っていた力とは、較べようもなかった。自分が操れる朝廷を作ってみたが、後醍醐帝は吉野で別の朝廷を作った。朝廷が二つあるのだ。それは、後醍醐帝が死んだいまも、続いている。そして、いつの間にか天下は京都になっていた。京都を奪った方が、天下を取ったという恰好になるのだ。

鎌倉に幕府を開き、京にはかつての六波羅探題と同じものを置き、朝廷をしっかりと監視させる。そんなことは、夢のようなものだった。天下人であるために、京にしがみついていなければならないのだ。

天下とはこの程度のものだったのか、という思いがしばしば襲ってくる。かつての鎌倉の幕府では、最も有力な武将が、北条一門を除くと自分だった。いま、かつての自分より大きな武将は、何人もいる。自分は、ただその上に戴せられているだけではないかと思う。おまけに、吉野にはもうひとつ朝廷があり、そちらにも武将はいる。なにをやるにも面倒になる日が、時々あった。夏が近くなると、京の蒸暑さが耐え難いものに感じられてくる。

直義と師直は、ほとんど毎日のようにやってくる。自分が征夷大将軍であるかぎり、そういう日々が変ることもないのだろう。

直義は、新しい制度を作ることに忙殺されていた。機構を作り、それを動かすためには、人が必要である。そういうことに優れた人材は、武士の中にそう多くはないらしく、公家を使わざるを得ないこともあるようだった。そのたびに、直義は公家を連れてきて、尊氏に引き合わせる。

そうすることで、将軍がどういうものか、公家に教えようとしている。はじめはそう思った。自分に教えようとしているのではないか、とこのところ尊氏はしばしば思う。直義の忙しさを見ていると、それぐらい耐えるしかなかった。

幕府が、幕府らしくなってきたのは、ひとえに直義の手腕だった。自分と師直だけなら、とんでもないものができあがっただろう。

師直は、畿内の武士を集めて、少しずつ組織を作っていた。誰でもいいというわけではなく、かなり厳しく選んでいるようだ。将軍の直轄軍となる。それが一万に達してくれば、小規模な戦にはすぐに対応できる。大規模な戦でも、軍勢の核になる。

「わかったか？」

嘆夢が現われた。夜も寝苦しい季節になっている。

「近江には、蜂助と黒夜叉という忍びがおります。なかなかの手練《てだ》れでございまして、他国を調べるよりは手間がかかります」

「おまえらしくないことを言う」

「近江に、問題になる本所領はないと申せます。持主が戻ったものは、返しています。一年以内に戻らぬものは、自領に組み入れると佐々木道誉は領内に触れを出しておりましたし、戻った者には返しています」

一年、田を放置すると、元に戻すのに二年かかると言われていた。道誉の出した触れは、まともなものである。

「しかし、他国と較べると、多いな」

「持主が帰らないというのは、帰れそうもないという空気を作った結果だったと思えなくもありません。証拠はございませんが。昨年の秋から、佐々木軍は領内で活発に動いております」

「戦もないのに、なぜ?」

「野伏りを討伐し、放置された荘園の押領を防ぐという名目だったようです」

「抜かりはないな、道誉は」

「実によく、すべてを見抜いているとしか言いようがありません。公家同士の対立、寺社の対立、寺社と公家の対立、それをすべて照らし合わせ、うまく荘園を自領に取り入れております」

「道誉の所領は、だいぶ増えたであろうな?」

「増えました」

「馬借どもの大部分も握った。水運も握ろうと思えば握れる。柏原城の銭倉は、増えるばかりか」

「馬借の権利については、山門から御舎弟様に強い申し入れがあったそうです。御舎弟様は、山門を潤すことをお認めにはなりませんでした。山門は公家を動かそうとし、御舎弟様はそれを妨げようとされ、一時は険悪な空気も漂いました」

　山門は、朝廷につく。もともと王朝鎮護のための寺だからだ。二つ朝廷があれば、二つともと繋がりを持つ。武士につくことは、まずあり得ないのだ。

　道誉には、隙がなかった。小さな隙でも見つけて、所領を半分に削ってやろうかと思ったが、このままでは難しいだろう。近江から追い出そうとした時も、うまくいかなかった。たえず自分の方から仕かけ、道誉にうまくかわされている、と尊氏は思った。

「山門との間で、揉めそうな荘園が二つあります。佐々木道誉も、これには意地を張っているという感じです」

「もうよい」

　道誉に隙がないのは、いまにはじまったことではなかった。鎌倉の幕府に出仕していた若いころから、北条高時に一度も隙を見せたことがないのだ。

　道誉の弱味を摑もうとしている自分が、浅ましい男に思えてきた。そんな弱味を摑んで切腹させたところで、勝ちにはならない。道誉の嗤う顔が、それこそいつまでも消えないものになるだろう。

「誰かある」

嘆夢が姿を消すと、尊氏は近習を呼んだ。

宿直《とのい》は、常に二名である。

「暑い。汗を拭え」

尊氏は夜着を脱いだ。二人が、躰に木綿の布を当てはじめる。ひとりの近習は、まだ幼かった。懸命に拭うので、かえって暑さが増してきそうだ。

「もうよい。風を送れ」

幼い方が前から、もうひとりが横から煽ぎはじめた。汗をびっしょり浮かべた幼い顔を、尊氏はじっと見つめた。汗は流れ、眼に入っているが、表情は動かさず、瞬《まばたき》だけをくり返している。義詮と同じほどの年齢にしか思えなかった。

「名は？」

「はっ」

少し退《さ》がり、両手を床についた。

「饗庭命鶴丸《あえばみようつるまる》でございます」

「固くなるな。それに、煽ぐのをやめるでない」

「はっ」

命鶴丸が煽ぎはじめる。

「何歳になる？」

「十二歳でございます」

義詮より、ちょっと上だった。躰つきは華奢だが、端正な顔立ちをしている。伽《とぎ》をせよ、という言葉を、尊氏は呑みこんだ。


義詮が落馬した、という知らせを聞いたのは、翌日だった。頭を打って気を失っているという。

幕府の侍所《さむらいどころ》と隣接している、馬場である。

尊氏が駈けつけると、心配した直義が先に来ていた。どういう落ち方をしたのか、義詮は顔にも擦り傷を作っている。

「父上」

義詮は、横になっていた。近習が、濡らした布を肩とこめかみの二カ所に当てている。

「気を失ったと聞いたが」

「大事ござらぬ。それがしが駆けつけた時は、もう気づいておられた。怪我《けが》の方も、打身だけで、骨など折れてはおりませぬわ。痛い思いをされ、驚かれもしたでしょうが、大怪我でなかったのは幸いでした」

直義が、答えた。ついていたらしい近習は、庭で平伏していた。

尊氏は、義詮の尻を蹴りつけた。義詮が声をあげる。襟首を摑んで立たせた。義詮が泣きじゃくり、悲鳴をあげる。

「黙れ」

一喝すると、義詮は息を吞んだ。平手で一度、義詮の頰を打った。直義が慌てて止めた。

「落馬したのは、誰が悪いわけでもない。おまえの修業が足りぬのだ。それはよい。落馬しながら、どんな馬でも乗りこなすようになるのが、武士というものだ。それが、おまえはなんだ。落馬したら、ただ恥じよ。そして、もう一度乗れ。それが、家の中に運びこまれ、高《たか》が打身を近習に冷やさせるなど、自分が何様のつもりなのだ。足利家は、武門の棟梁の流れだ。死するまで、泣言などは吐くな。それが武士だ」

「まあ、兄上」

直義が、とりなすように言った。

「俺たちが幼いころは、幕府に出仕していたぞ。高時殿の遊び相手であった。馬から落ちようと、池にはまろうと、ただ笑われるだけだった。そうではないか、直義。こんな真似をさせていたら、青公家と同じようになってしまう。肚《はら》の中から腐っていく」

　義詮はふるえていた。はじめての叱責だ、と尊氏は思った。これまで、転んでも尊氏自身が慌てて抱き起こしていたのだ。

「武門の棟梁の家の子なら、それらしく振舞え。これより、義詮には大人しい馬を与えるな。落馬して死ねば、それまでの命。所詮、将軍になる器ではなかったということだ」

　尊氏は息をつき、それから義詮を見据えた。

「いいな、義詮。自分が武士であることを忘れるな。涙を見せてはならぬ。見よ、おまえの近習は、恐懼《きょうく》しているではないか。おまえの落度で、近習にそういう思いをさせるのは、いい主とは言えぬ」

　義詮は、まだふるえ続けている。

　尊氏は、踵《きびす》を返した。直義ひとりが追ってきた。

「叱りすぎだというのか、直義」

「いえ、そうではございません」

　直義は、肩を並べて歩いていた。

「ただ、近習の見ているところでなど、あまりお叱りにならない方がよろしいかと。義詮殿にも、立場があるのですから」

直義は、声をひそめていた。京へ入って以来、忙しい日が続き過ぎたのか、以前と較べると痩せ、尊氏にはほとんどない白髪もあった。

尊氏は、苦い気分で頷いた。直義は、尊氏の最初の子を引き取り、養子にしている。直冬という名のその息子に会った時も、一片の愛情も感じなかった。どこから湧いてきたのだ、とさえ思ったほどだ。直義が養子にした時も、なにを余計なことを、という思いがどこかにあった。ああいう人間は、寺に入って世間に出てこなければいいのだ。

「義詮殿は、真直ぐに育っておられる。私は、そう見ています。それに、まだ十歳です。兄上の子であったために、早く元服しなければならなかったのだと考えれば、あれほどお叱りになることもなかったと思います」

「もうよい。わかった」

直義の欠点は、理を説く時も言葉が多すぎるところにある。そして、政事においては非情と言ってもいいが、思いがけないところで意外なやさしさを見せたりもする。

ひとりになると、尊氏は後悔しはじめていた。叱る気などはなく、心配で飛んでいったのだ。自分の心の動きが、不安なほど自分でもわからなかった。

その夜、尊氏は命鶴丸を呼んで、伽を命じた。

命鶴丸は、ふるえながら平伏していた。

「これへ」

尊氏は、命鶴丸を茵《しとね》に呼んだ。不憫という言葉も湧いてきたが、それより残酷な気持の方が強かった。

5

夏の暑い盛りだけ、道誉は甲良で過した。

湖を渡ってくる風がある。それは伊吹山《いぶきやま》の麓《ふもと》の柏原でも感じられないものだった。

秋のはじめに、道誉はまた京へ移った。

領内の荘園については、ほぼ片付いている。馬借の方も、山門の息がかかった者をすべて締め出しはしなかった。陸上の物流は、京から戦が遠ざかるにしたがって、盛んになっている。

京極の館にいる間は、毎日幕府に出仕した。

そこで見る人の模様が、面白くなってきたのだ。直義と師直を見ているだけでも、結構愉しめた。そこに、師直の兄の師泰も加わっている。師泰は、師直の持つ細やかさには欠けていた。代りに、なにをやるかわからぬという凄味を湛えている。

そして、大名たちが、この三人に取り入る機会がないかと、たえず窺うような眼差しで歩き回っている。

このところ、吉野側の勢力からの、大きな反攻もない。

尊氏は、表に出てこない日が多いようだった。人に会いたくなくなるのは、塞ぎの虫が出たからだろう、と道誉は思っていた。道誉の方から訪ねることはしなかった。

高橋屋に移ると、出仕しない。それは徹底した。出仕したところで、やることがなにかあるわけではない。出仕をやめても、誰も咎めはしなかった。

高橋屋には、近江猿楽の一座がやってきた。

阿曽の一座が大きくなり、いくつかに分かれた。生計《たつき》が立つ一座もあれば、そうではない一座もある。芸以外のことを、道誉はやらせようとしなかった。そのために、食う銭は出してやる。芸は、人に観られるほどに、稚拙さが消えていく。いま、一座は四つを数えていた。

「犬王が大きく育っているのを見て、びっくりいたしました」

犬王を近江路で拾ったのは、阿曽だった。

「ぽつぽつと喋るようにもなった。まだ、不吉な響きは消えぬがな。えいを、母親と思えるらしく、甘えることもあるようだ」

「一忠殿とも、時々会います。このまま佐々木様に預かっていただいた方がよかろう、と言っておられました」

「このところ、一忠の犬王を見る眼が変ったようだ。よく舞を見せたりしている。二人だけで庭の隅に腰を降ろし、笛を聴かせていたこともあったな」

「一忠殿も、童をひとり連れておられました。これは、と思うような立姿をした童でございましたな」

「おまえにもそう見えたか。猿楽法師に連れられて旅をしていた童だそうだ。しばらく、一忠が預かることにしたらしい」

「大和でございますな」

「多分な。しかし阿曽。猿楽に大和も近江もあるまい。それぞれに芸を競うのはいいが、区別は感心できぬ」

「まこと、いい芸は、ただいい芸なのでございます。人に愉しみを与え、生きる喜びを与え、すぐに忘れ去られる。芸とはそうしたものでございます」

「観世丸《みよまる》というのが、一忠が連れている童の名だ。犬王とは合わぬな。童らしく、二人で戯れることもない」

「わかります」

「ところが、ここにまたおかしな童がひとり入ってな」

「三人になると、戯れたりいたしますか？」

「これが、おかしくなるほどなのだ。あの犬王でさえ、あまり喋らぬが、はしゃいで走り回っておる。見ていて、不思議な気がしてくるぞ」

高橋屋にいる時、尊氏が義詮を連れてひそかにやってきたのだ。犬王と会わせようとしたようだが、観世丸もそこにいた。

尊氏が、なんのつもりで義詮と犬王を会わせようとしたのかは、よくわからなかった。語ろうともしない。ただ、義詮の方もいやがっていないことが、見ていてはっきり感じられるだけだ。

「どういう童なのでございますか？」

「それは言えぬ」

「いずれ三人が、それぞれの芸風を競うようになるのでございましょうか」

「どうであろうな」

義詮は、次代の将軍である。足利がこのまま吉野を押さえこんでいけば、必ずそうなる。それが、猿楽の童を知ることに、どれほどの意味があるのか、と道誉はしばしば考えた。

犬王は武士のなりをさせ、剣の稽古も書見もさせているが、観世丸はどこをどう見ても役者の童である。尊氏は、観世丸も気に入っているようだった。

風が涼しくなった。

蒸暑かった夏が嘘のように、庭は冷えこんだりしている。

騒動が起きたのは、道誉が京極の館にいる時だった。

秀綱と供回りの者が、頬を腫らしたり、直垂を破ったりして戻ってきたのだ。

「喧嘩沙汰か。どこの侍が相手だ」

「それが」

言って、秀綱は横をむいた。

「それだけ殴られながら、刀も抜かずに戻ってきたようだな。おう、酒も飲んでおるか。相手が誰だか、申してみよ、秀綱」

「わかりません。野伏りかなにかかと」

「嘘を申せ」

道誉は笑った。野伏りが相手で、刀を抜かないわけがなかった。ただ殴られている。そういうふうにしか見えなかった。

「高師泰の家人とでもやり合ったか。それとも、師泰自身に打たれて、抗《あらが》うすべもなかったか」

「いえ、武士ではなく」

それだけ言い、秀綱はまた横をむいた。

「はっきり答えよ、秀綱」

「申しわけございません。白河妙法院《しらかわみょうほういん》の山法師たちと悶着が起きました」

「白河妙法院？」

「はい。紅葉狩りの帰りに、妙法院の紅葉がことのほか美しいので、つい手折《たお》ってしまいました」

それを咎められた。相手が妙法院だったので、秀綱は黙って殴られたということなのか。それなりの分別は持っている。

「面白いのう」

道誉が声をあげて笑うと、秀綱はまたうつむいた。

白河妙法院は、天台三門跡のひとつである。そして門跡は、光厳上皇の弟であった。それを憚って、秀綱は刀を抜かなかったのだろう。

「ふむ。妙法院の山法師か」

山門から来ているに決まっていた。門跡の亮性法親王《りょうしょうほっしんのう》自身が、山門の出である。

「何人ほどいたのだ？」

「およそ、四、五十かと」

「こちらは？」

「七名でございました。まことに、思慮なきことをいたしました。酔っていて、はじめは咎められたのに腹を立てました。途中で、妙法院と気づき、刀だけは抜くまいと」

「なるほど。七名では勝てまいな。それにしても、いい顔にされたものだ」

道誉は、また声をあげて笑った。

「忠信、いま館にどれほどの兵がいる？」

「はい、およそ四百ほどでございますが」

「出陣いたす。三百の兵を用意せよ」

「どちらへでございますか？」

「決まっておろう。白河妙法院」

「しかし、殿。三百もの軍勢で脅《おど》かすのは、いささか不穏当ではございませんか？」

「誰が脅かすと言った。攻めるのよ」

「攻める？」

「七名と四、五十名。ならば、四、五十名と三百でも釣り合おう。武士の喧嘩がどういうものか、見せてやろうではないか」

「お戯れを。妙法院の背後には、山門が控えておりますぞ。幕府でさえ、よく手を出しかねる山門でございます」

「ただの寺なら、わしも黙っていよう。秀綱には、しばらく謹慎させてな。だが、相手が山門となると、そうはいかぬ。なにがなんでも、わしは事を構えてやる」

「お戯れではないのですか？」

「出陣などという言葉を、武士は戯れに使ったりはせぬぞ」

「おやめください、殿」

忠信が慌てはじめた。秀綱も、事の成行に呆然としている。

「出陣じゃ」

「なりませぬ」

「わしが、命じているのだぞ」

「お止めいたします。殿、それが私のなすべきことだろうと思います」

「忠信。わしが、なにか間違った命を下したことがあったか」

道誉は、忠信を見てほほえんだ。

「分別をなくして、言っているのではない」

「しかし」

忠信は、じっと道誉を見つめている。外はもう暗くなりはじめていた。

「まことに？」

「くどい。おまえらしくもない」

「わかりました。ならば、私が軍勢を率いて妙法院へ参ります。山法師どもを、斬るなり捕えるなりしてきます」

「わしが行く、と申しておる。それから忠信、妙法院でわしの邪魔だてはいたすなよ」

道誉は、腰をあげた。忠信も立ちあがる。

出陣、と忠信が声を出した。いつもの大音声は、二度目になってようやく出た。館の中で、不意に巨大な生きものが暴れ出したような感じになった。

半刻も経たず、出陣の準備は整った。松明《たいまつ》が燃やされる。道誉は、片手をあげた。三百の軍勢が駈けはじめる。

妙法院に到着した。

「佐々木道誉の軍勢である、と伝えよ。いいか、みんな。逃げる者は、追うな。刃向う者だけを斬り捨てよ」

忠信が、門前に立ち大音声をあげた。

「火をかけろ」

道誉が命じた。火矢が射られ、松明も投げこまれた。境内が騒々しくなった。門を突き破った。四、五十名の山法師が、薙刀を振りかざしていた。攻めこんできた人数を見て、数人が逃げた。もとより、道誉は勝敗などは考えていない。ただ妙法院を焼きに来ただけである。

方々で、炎が大きくなってきた。

「まだ留っている者を、追い払え。略奪はならぬぞ。ことごとく燃やしてしまうのだ」

炎が大きくなり、本堂までも包みこみはじめた。境内は、昼のような明るさになった。蒼ざめた秀綱が、すぐそばに立っている。

火というものは強いと、道誉は考えていた。しかし、寺だからよく燃えるのだ。城はやはり、木の部分を少なくしてある。火攻めへ備えて、水なども溜めてある。

「境内の木に、火が移るかもしれんな。移らないように、水をかけろ」

兵は、ただ寺を燃やすためにやってきた、という感じしかしなかった。本堂や庫裡《くり》、それから亮性法親王の御所以外の場所に火が移るのを、なんとか避けようとしているだけだ。特に風下には、手渡しで水を運んでいる。

「誰も、寺には残っておりません。あと一刻で、すべてが焼き尽されるだろうと思います」

　忠信が報告に来た。

　道誉を止めたが、一度はじめると忠信は躊躇がなかった。はじめる前は、止めようと異議を唱えようと、いっこうに構わないのだ。はじめてしまったら、そういうことは忘れる。道誉が、忠信を買っているところのひとつが、それだった。

　床几が運ばれてきた。道誉は腰を降ろし、まだ燃え盛っている炎を見つめた。炎の中に、柱が黒く見え隠れしている。やがてそれも見えなくなり、方々から崩れる音がしてきた。崩れるたびに、火の粉が夜空に舞いあがる。

「美しいのう」

　ひときわ高く舞いあがった火の粉を見て、道誉は呟くように言った。桜の花吹雪とも、紅葉とも違っていた。舞いあがり、瞬時にして消える。

「まるで、人の抱く思いのようではないか、秀綱」

「はあ」

　秀綱は、道誉が言った意味がわからなかったようだ。それ以上なにも言わず、道誉は空の火の粉を眺め続けた。

　夜が明けても、まだ小さな炎がいくつかあがっていた。建物はすべて崩れ、境内が広くなったような気がする。

道誉は、忠信を呼んだ。

「まだ炎があがっているところに、池の水を撒け。それが終ったら、引き揚げる」

「承知いたしました」

兵の動きが慌しくなった。次々に水が撒かれ、方々で湯気があがった。

兵が、隊伍を整える。

「旗を掲げよ」

馬に乗り、道誉は言った。四ツ目結の旗が、先頭に掲げられる。三百の軍勢が、ゆっくりと動きはじめた。

「山門では、いま大騒ぎをしていると思います。近江に引き揚げなくてもよろしいでしょうか？」

忠信が馬を寄せてきて言った。

「わしは、京にいる」

「では、軍勢を五百ばかりお呼びになりませんか。館の軍勢と合わせて、およそ一千となります。それだけいれば、山門がどう出てこようと、近江には帰れます」

「山門は、わしを攻めることなどできぬわ。できるぐらいなら、馬借を押さえた時にそうしている。朝廷に訴えても、朝廷もなにもできぬ」

「朝廷は、幕府になにか命じると思いますが」

「幕府が、どうでるかだな」

「万一、殿に切腹でも命じるようなら、一戦交えるべきだと思います」

都合のいいことに、吉野にも朝廷がある。利用する気になれば、そちらにつけばいいのだ。ただ、道誉は吉野を利用する気もなかった。

沿道に、人が出ていた。

「猿楽の一座が、面白くこの話を伝えてくれよう。それだけでよい」

忠信は、決死の覚悟でいるようだった。

道誉は、低い声でうたった。一忠が時々口ずさむ唄である。沿道の人が、さらに増えはじめていた。

6

早朝から、人の動きが慌しかった。

尊氏は、庭に出て、池のそばまで歩いた。義詮は、まだ眠っているだろう。幕府の執務はまだはじまっていないはずだが、急がなければならない事態でも起きたのかもしれなかった。

最初にやってきたのは、師直だった。

「早朝から、申し訳ございません。白河妙法院が焼討ちに遭いました。本堂、庫裡はもとより、亮性法親王の御所まで、ことごとく灰燼《かいじん》に帰したそうでございます」

「ほう、妙法院がな」

天台三門跡のひとつである。つまり、打撃を被《こうむ》ったのは山門ということになる。小気味のいいことではないか、と尊氏は束の間思った。思っただけで、さすがに口には出さなかった。

「焼討ちをかけたのが、佐々木道誉殿で」

「なに、道誉が？」

「はい、秀綱殿と妙法院の山法師たちの喧嘩が発端のようでございます」

「ふむ」

尊氏は、腕を組んで考えはじめた。実に微妙なところに、道誉は焼討ちをかけたことになる。幕府は、山門を持て余し気味だった。強くも出られず、かといって山門の言い分は通せない。そのせめぎ合いが、ずっと続いていたのである。膠着したせめぎ合いに、道誉が一石を投じた。

「朝廷から、なにか言ってきたか？」

「いえ、山門から朝廷への働きかけはあったでしょうが、公家衆は後難を恐れて動こうといたしません。自分の屋敷も焼討ちに遭うかもしれぬ、と思っているのでしょうな。業を煮やした山門が、幕府に談判に来ております。直義様が、相手をしておられますが」

朝廷や山門との交渉は、直義の仕事である。師直は、軍勢を組織したり、地方で続いている吉野方の武士とのぶつかり合いも見ておかねばならない。師泰などに交渉させたら、それこそ山門を焼討ちにでもしかねなかった。

それにしても、道誉はなにを賭けたのか。自分が将軍になる前なら、確実に死罪に値する罪だ。新しい世になり、なにかが変ったことを示せ、と言っているのか。

「直義は、どうしている？」

「はい。苦虫を嚙み潰した顔をされておりますぞ。そういう顔でもしていないことには、にやりと笑ってしまいそうなのでございましょう。ずっと、山門に無理難題を押しつけられてばかりでございましたからな。内心は、佐々木殿が痛快なことをした、と思っておられましょう」

山門は、京での商いの権利を、数多く持っていた。代々の朝廷から与えられたものである。それを、幕府は取り戻そうとしている。山門を潤せば、それだけ手強い存在になっていく。そして、山門は王朝鎮護という建立の由緒からいっても、幕府ではなく朝廷にしかつかないのである。

山門の力を、どう殺《そ》ぐか。直義が、日夜頭を悩ませていることである。

山門は、道誉、秀綱父子の断罪を求めてくるだろう。それを黙って受け入れれば、直義の努力は水の泡ということになる。断罪しなければ、悶着は大きくなるだろう。

これで道誉を切腹させられないか。束の間、尊氏の頭をよぎったのはそれだった。そして、かすかに恥じた。切腹しろと言えば、道誉は尊氏を嗤うだろう。逆賊の名を被せられながらも、なんのために天下を取ったのだ、と言うだろう。妥協は、かつての後醍醐帝と同じではないか、と嗤うに決まっていた。

幕府の利にならぬことをしたわけではなかった。幕府としてはしたくてもできないことを、堂々とやってのけた。

その日の夕刻近くになって、ようやく直義が報告に現われた。

「由々しき大事件でありますが、山門の言い分もまた勝手なもので、しばらく放っておこうかと思います」

「そうか」

「しかし、思い切ったことをする男です、佐々木道誉は」

しかも、抜け目もない。この間まで、近江国内の物流を担う馬借たちの権利を、山門と奪い合っていた。山門領の荘園についても、かなりの押領をしたはずだ。そういう時は、こんな悶着は起こさず、すべてが落ち着いたら、こんな真似をする。

「さて、道誉の処分だがな、直義」

「やめましょう。兄上。山門はいろいろと言ってくるでしょう。衆徒を動員して、強訴もいたしましょう。山門が無理を通そうとしている、と人々には思わせた方がよいと思います」

「しかし、まったく処分せぬというのはな」

「道誉が、焼討ちをした事実はあります。すべてが落ち着いてから、その処分を行えばいいと思います。私に任せていただけませんか、兄上?」

「わかった」

そのうち、道誉は弁解にでも来るだろうか。それとも、平然としたままだろうか。

翌日になっても、翌々日になっても、道誉からはなにも言ってこなかった。幕府がすぐに処分を決めないことについて、朝廷の中でもかなりの非難が出はじめていた。直義は、どういう公家が非難の中心にいるかを、周到に調べ続けているようだった。こういう時に、幕府に対する公家の不満が出る。

十日ほど経つと、山門の苛立ちははっきりしてきた。しばしば、衆徒を動員しての強訴に及んでいる。

「ほう、道誉はもてはやされておるか」

市井の声を調べていた嘆夢が、報告に来た。館ではしばしば酒宴を催し、外に出る時は、相変らず百名ほどの供回りに派手な軍装をさせているようだ。

「猿楽の一座などが、今度の件を芝居にしてやったりしております。それはまるで童の喧嘩を扱ったような芝居で、山門が強訴に及ぶのはやり過ぎだという空気を作ってしまいました。大人げないことのように、人の眼には映るのです」

「なるほど。どちらが悪いという芝居でもないのだな」

「まこと、他愛ない喧嘩なのでございます。いまは、幕府がどのように裁くかに、人の眼は集まっております」

道誉は、なにかを試そうとしている。こういう事態になれば、道誉の切腹や、知行の召しあげという処分は、ただ幕府が山門の力に屈したとしか映らないだろう。

直義が処分を発表したのは、焼討ちから二十日も経ってからだった。それも、山門の衆徒が、神輿《みこし》を担いで洛中を暴れ回ったからである。処分する、と発表しただけだ。

山門では、斬首と受け取ったらしい。

それからひと月以上経ってから、処分の内容が決まった。遠流《おんる》である。道誉は出羽《でわ》に、秀綱は陸奥に、ということだった。適当なところか、と尊氏は思った。

この件で振り回されていた幕府の政事も、ようやく元に戻った。

道誉が流されるという日、尊氏は義詮や師直を伴って、見物に出かけた。

呆れた行列だった。

四百ほどの兵を着飾らせ、その前と後ろには、猿楽の一座がついていた。

「上様、あれを御覧くだされ。兵どもが腰に当てているのは、猿の皮でございますぞ」

さすがに、師直も呆れたように言った。猿は、叡山の聖獣とされている。つまるところ、山門を尻に敷いているのだ。

「なにがどうなろうと、山門は認めぬか、道誉は」

「僧が武具を持つかぎり、野伏りとしか思わぬ、と公言したようでございます。武具を捨てれば、敬いもしようと」

「やることが、また徹底しておるな。幕府は腰抜けだとも言っておるのであろう」

「佐々木殿は、いつも違うものを見ています。なにを見ても、あの男の眼には常人とは違うもののように映るのでしょう。だから、人がこわいものが、こわくない」

「道誉がこわいものは、なんだと思う。師直？」

「さて、死ぬことをこわがっているようには見えませんし、自分が変ることがこわいのではありますまいか」

「自分が変るか」

尊氏はふと、楠木正成を思い出した。なにを言っても、変らなかった。六カ国を与えるとさえ言ったのだ。普通の武士ならば、それで靡く。まして後醍醐帝の政事は誤っている、と正成にはわかりすぎるほどわかっていたはずなのだ。それでも、変らなかった。

正成が自分を嫌っていたわけではない、と尊氏は思っていた。むしろ、新田義貞よりずっと、自分を認めていた。それでも、後醍醐帝に命を捧げたのである。

「わからぬな」

「なにがでございますか？」

「ある種類の男が、俺にはわからん。楠木正成がそうであったし、後醍醐帝もそうであった。佐々木道誉にも、そんなところがある」

「みんな、上様に似ているではありませんか」

「そうか、俺に似ているか」

「上様は、どこかわからないところがあります。昔から、それがしが感じているところでございますが。直義様は、わかりすぎるほどわかります。なにをどう感じ、どうされたいのか。気持を押さえても、道理を選ばれるということも」

「だから、政事は直義に任せておけばよいのよ。師直、おまえに任せると、なにをしでかすかわからぬ、と思えるぞ」

「それがしも、上様に似ております」

「道誉とも、気が合うか」

尊氏は笑って、馬首をめぐらせた。将軍になってからは、ひそかな外出でも二百の供回りはつく。それ以外に、忍びの警固などもついているようだ。

「師直、賭けをせぬか？」

「ほう、なんの賭けでございますか？」

「道誉は、出羽まで行くかどうか」

「行くわけはございません。山門がこれ以上暴れるのを、一応止めてしまえばそれでいいのですから」

「そうか。賭けにはならぬな。なにしろ、猿の皮を尻に敷いてしまう男だ」

「行先は、上総《かずさ》あたりではないかと。佐々木殿の領地がいくつかあります。ふた月ほどで、戻って参りますな」

「それも、凱旋するような顔でな」

師直が、声をあげて笑った。

尊氏は笑わなかった。道誉は、なにか自分にしかけたのだろうか。それだけを考えていた。

『道誉なり』
初出　「小説中公」一九九五年二月号～十一月号
単行本　一九九五年十二月　中央公論社刊
文庫　一九九九年二月　中公文庫刊
本書は、右文庫『道誉なり　上』の新装版です。

中公文庫

道誉《どうよ》なり（上《じょう》）
——新装版《しんそうばん》

1999年2月18日　初版発行
2021年12月25日　改版発行

著　者　北《きた》方《かた》　謙《けん》三《ぞう》

発行者　松田　陽三

発行所　中央公論新社
〒100-8152　東京都千代田区大手町1-7-1
電話　販売　03-5299-1730　編集　03-5299-1890
URL http://www.chuko.co.jp/

DTP　ハンズ・ミケ
印　刷　大日本印刷
製　本　大日本印刷

Published by CHUOKORON-SHINSHA, INC.
Printed in Japan　ISBN978-4-12-207150-6 C1193